乔伊的蓝锡盒
Qiaoyi de lanxihe

[美] 霍瑞修·爱尔杰 著

Ailsa 译

神秘男孩的梦幻旅程

百花洲文艺出版社
BAIHUAZHOU LITERATURE AND ART PRESS

目 mulu 录

第 1 章

走进风暴

"你觉得将要到来的这场风暴怎么样，乔伊？"

"我觉得它会很大，奈德。真希望我们现在待在家里。"乔伊·波德莱一边看着坦迪湖上空笼罩的厚厚的乌云，一边回答道。

"你觉得我们在回家之前会遇到暴雨吗？"奈德一边看着自己身上的新衣服，一边问道，他是一户有钱人家的儿子，一向穿

得很体面。

"恐怕会的，奈德。萨姆山后面那些蠢蠢欲动的乌云说明大雨就要来了。"

"如果这套新衣服被淋湿的话，它就完了。"奈德叹了一口气，嘟囔道。

"我为你的衣服感到抱歉，奈德。不过我们出来的时候，我并没有想到会下雨。"

"哦，我不是在怪你，乔伊。早晨的时候天气很好。我们不能在下雨之前找个地方躲雨吗？"

"我们可以试试。"

"最近的避雨的地方在哪儿？"

乔伊想了一会儿。

"我所知道的最近的地方在那边，奈德。那是一个打猎的地方，以前属于卡梅伦家族。不过已经被废弃好几年了。"

"那我们赶紧划去那里吧！快点！"奈德·塔麦吉说道。

"我可不想淋湿。"

他一边说着，一边拿起了一双船桨。乔伊已经在划了，现在这个富家孩子也加入了进来，小船很快朝着乔伊刚才指的方向驶去。

坦迪湖坐落在宾夕法尼亚州中央地区。它大约有一英里宽，一英里长，周围是连绵不断的群山。在湖的一端有一处不起眼的小房子，湖的另一端是河边镇。河边镇上有几家夏季旅馆和寄宿旅馆，还有一栋气派的大楼——奈德·塔麦吉就跟他父母和他的四个妹妹住在那里。

乔伊·波德莱是个穷孩子，而奈德·塔麦吉家则很有钱，可是两个孩子却是很好的朋友。乔伊对打猎和钓鱼很熟悉，而且他还知道如何驾船。他们经常一起出去，每次出去的时候，奈德总是坚持要付给乔伊一些钱。

乔伊的家坐落在山边，此刻正被乌云笼罩。他跟希拉姆·波德莱住在一起，那是一位老人，一个隐士。他们住的地方是一个只有两个房间的小木屋，几乎没有经过任何装饰。希拉姆·波德莱曾经是个猎人和向导，但多年的风湿病使得他无法从事任何工作，所以乔伊实际上得负担两个人的生活——他经常带着客人一起出去玩，抽时间钓鱼、打猎，卖掉打来的猎物或者是钓来的鱼。

关于乔伊的父母，有很多神秘的传闻。有人说他是希拉姆·波德莱的侄子，他的母亲和妹妹去世后，他父亲去了加利福尼亚，然后从那里去了澳大利亚。至于他到底去了哪里，我们将在后面谈到。

乔伊今年12岁，可是由于经常在户外活动，他变得又高又

壮，看起来比实际的年龄要大一些。他有着黑色的眼睛和头发，身上的皮肤被太阳晒成了古铜色。

由于刚开始他们把船划到很远的地方，所以就在他们快要到岸边的时候，天上开始掉下硕大的雨点。

"我们还是得淋湿了！"奈德沮丧地叫道。

"用力划，很快就到树底下了。"乔伊说。

他们用力划了十几次之后，就把船划到了湖边的一片松树林下面。小船要到达岸边的时候，奈德正要从船上跳下来，突然天上下起了倾盆大雨，整个坦迪湖都发出了一阵嘶嘶嘶的声音。

"赶快跑到小屋里去，奈德。我来安置小船！"乔伊大声地说道。

"可是你会淋湿的。"

"没关系！听我的，赶紧跑吧！"

听了警告之后，奈德跑向那间小破屋，小屋坐落在大约200英尺之外。乔伊留在后面，直到把小船和桨都绑好，然后也跟着自己的朋友跑了过去。

他们刚跑到小屋的门厅，天上就亮起了一道闪电，紧跟着是一声炸雷，奈德忍不住跳了起来。然后是雷电交加，大雨一直不停地下。

"呃！我可不喜欢这样。"奈德一边蜷缩在旁边的角落里，一边说道，"我希望闪电不要击中这个地方。"

"还好没被困在湖中央，这已经谢天谢地了，奈德！"

"这倒是，乔伊。可是现在的情况也好不到哪里去啊！哦，天啊！"这时天上又亮起了一道闪电，奈德忍不住又缩了起来。

现在的情况并不妙，可是这位隐士的孩子已经习惯了各种恶劣的气候，所以他并不觉得眼前发生的事情有什么特别的。

"雨会把小船给淹没的。"奈德突然说道。

"没关系，我们很容易就可以把它拉上岸，然后翻个底朝天。"

"你觉得这雨什么时候会停？"

"一两个小时吧！这样的暴雨通常不会持续很长时间。现在几点了，奈德？"

"2点半。"奈德看了看自己戴的漂亮手表，然后说道。

"要是雨能在两个小时之内停下来的话，我们就会有足够的时间在天黑之前赶到家了。"

"我可不想在这里待两个小时，"奈德嘟囔道，"这可不是一个吸引人的地方。"

"总比在树底下好多了。"乔伊开心地说道。这位隐士的孩子总是能够看到事物光明的一面。

"哦，那当然。"

"别忘了，我们还钓了很多鱼，奈德。我们很幸运，能够在暴雨来临之前钓到这么多鱼。"

"你想要那些鱼吗？还是你会让我拿走它们？"

"我只要一条。其他的都归你。"

"除非你让我付钱。"

"哦，不用。"

"可是我一定要，"奈德说，"否则我连碰都不碰。"

"好的，我钓的那些鱼你付给我钱好了。"

"不，我想全部都付。你也花了很多时间，我知道你还要养活你的那位老隐士。"

"好吧！奈德，随你便吧！是的，我承认，我需要钱。"

"老隐士病得很严重吗？"

"不是很严重，不过他的风湿病让他无法出去打猎或者是钓鱼，所以所有的工作都要由我来做。"

"那你肩上的担子可重了，乔伊。"

"我尽量吧！反正也没其他事可做。"

"顺便说一句，乔伊，关于你自己……"奈德犹豫了一下，然后接着说，"你难道就不知道其他事情吗？如果不愿意的话，你可以不回答这个问题。"

听完这些话，乔伊的脸阴沉了一会儿。

"没有，我不知道，奈德。"

"那你真的不知道自己到底是不是这位隐士的侄子？"

"哦！我想我是，可是我不知道我爸爸怎么样了？"

"隐士觉得你爸爸还活着吗？"

"他不知道，他也没有办法打听。"

"哦！如果我是你的话，我一定会找出答案的。"

"我也会的……总有一天，"乔伊回答，"可是说实话，我也不知道该怎么找出答案。希拉姆叔叔好像不喜欢跟我讨论这件事情。他觉得我爸爸不应该离开。我想他们一定因为这件事吵过架。"

"你后来听说过关于你爸爸的消息吗？"

"一点也没有。"

"他写过信吗？"

"他不知道该寄往哪里。"

"呃！这显然很奇怪，乔伊。"

"你说得对，奈德。就像我说过的那样，迟早有一天，我会找出答案的，即使要用很多年的时间。"隐士的孩子回答道。

两个孩子逗留的打猎小屋是一所木制的四方形房子，破破烂烂的。房子有两个走廊，还有一个小棚，里面堆满了过冬用的木头。

"再过一两年,这房子就要完了。"奈德一边四处打量,一边说道。

"当初应该是栋不错的房子。"乔伊回应道,"破成这个样子真是可惜。"

"这边漏雨了,我们到那边去吧。"

隐士的孩子表示同意,然后他们看准时机,等到暴雨间歇的时候,赶紧跑到小屋的另一边。

"这边一定会好一些。"乔伊一边抖落帽子上的水,一边说道。

一分钟过后,雷声暂时停止了,然后他们听到屋子里传来一阵窃窃私语。

"里面一定有人。"奈德说道,"会是谁呢?"

"听声音是两个男人。"隐士的孩子说,"等一下,我来看看。"

"为什么不进去呢?"这位有钱的年轻人随口问道。

"他们可能并不是我们想见到的那种人,奈德。你知道,湖边确实有一些不怎么讨人喜欢的人。"

"是的。"

不远处有一个窄窄的窗户,房屋的玻璃早已经碎掉。乔伊走上前去,偷偷地往里面看了看。

屋子里已经有人点燃了火炉，在靠近火炉的地方，坐着两个男人。他们穿着都很体面，一看就是从城里来的。两个人都穿着猎装，手里拿着一把枪，不过他们好像并不是来打猎的。

"我们本来是要来打野鸭的，"一个人一边拨弄着火堆，一边说，"可是没想到却碰上暴雨。"

"没关系，派特。"另外一个人说道，他显然受过更好的教育。

"反正我们也不能待在城里，这个地方也很好啊！"

"你觉得他们不会找到这里吗？"

"为什么？我们没有留下任何踪迹——至少我没留下。"

"我觉得我也没留下，盖夫。"

"是的——否则你恐怕已经被抓走了。"盖夫·凯文暗笑了一下，"我们比他们聪明，这必须承认。"

"我已经把那笔交易赚来的钱花掉一半多了。"派特·马隆说道。

"我花了不止一半。不过没关系，财神很快就会向我们招手的。"

一阵雷声盖住两人谈话的声音，乔伊急忙跑回奈德那里。

"你知道他们是什么人了吗？"这位有钱的年轻人不耐烦地问道。

"不知道，奈德，不过我可以肯定一件事情。"

"什么事？"

"他们不是好人。"

"你怎么知道的？"

"他们说要离开城里，其中有个人还说会被抓住。很明显，他们是在逃避缉捕。"

听到这里，奈德·塔麦吉轻轻地吹了声口哨。

"那我们该怎么办？"他问道，平时总是漠不关心的脸上露出一副关切的表情。

乔伊耸了耸肩膀。

"我也不知道该怎么办。"

"我们听听他们在说些什么吧。说不定我们可以找到一些线索，发现他们在做什么呢。"

"这样做，好吗——去偷听人家的谈话？"

"当然了——如果他们是坏人的话。任何做了坏事的人都应该被关起来。"奈德大胆地接着说道。

两个孩子小心翼翼地走到窗子下面，奈德像刚才乔伊那样往里面看去。两个男人这时正背对着窗户，所以两个孩子没有被发现。

"有什么新计划？"一阵雷声过后，他们听到那个叫派特·马隆的人问道。

"有一个生病的矿主要卖一些股票。"盖夫·凯文回答。

"你有股票吗？"

"当然——1000股蒙大拿州蓝钟矿的股票，据说值5万美元。"

"嘿！你可发财啦，盖夫！"派特·马隆大笑道。

"说的也是，只要我把股票卖掉就可以了。"

"你花了多少钱买它们？"

"哦！当然不是5万美元。"盖夫对他眨了眨眼睛，好像在暗示什么。

"当然！很可能你花不到50美元。"

"什么？这么值钱的股票居然不用50美元？"

"噗！我可以用一美元去买一筐值钱的股票！"派特·马隆说，"要是你能分给我足够的份额的话，我可以跟你做笔交易。"

"我可以给你三分之一，派特，这算公平了吧！"

"为什么不给一半呢？"

"因为大部分工作都是由我来做的。要找个倒霉蛋并不是很容易。"盖夫·凯文大笑道。他的样子长得很好看，只是眼睛太小，很难让人产生信任。

"好吧！我就拿三分之一！可是我们什么时候动手呢？"

"一个星期吧！我已经在打广告了。"

"不是在纽约吗？"

"不，这次是在费城。很可能还是我们的一位教友呢。"

"别这么肯定。我们的教友或许动作很慢，可是他们通常知道自己在做什么。"

这时候天上又打起了雷，打断了他们的谈话，当雷声过去之后，两个人开始压低了声音，以致两个孩子只能听到断断续续的谈话声了。

"这一定是两个混蛋。"奈德小声说，"我打算请人来把他们抓起来。"

"说起来容易做起来难啊！"乔伊回答，"而且我们现在也没有证据啊！"

外面开始刮起风来，风越来越大，很快两个孩子就被迫跑到堆木头的棚子下面——因为他们觉得，只要那两个人还在屋子里，他们最好不要走进去。他们在棚子下面等了足足半个小时，突然暴雨停了，太阳开始从四散的云彩中探出头来。

"好了，我们现在可以回家了。"乔伊说，"可是我觉得我们最好还是留下来，看看里面那两个人到底想做什么，以及他们要去哪里。"

"我们留下来吧！"有钱的年轻人说道。

他们又等了几分钟，然后奈德建议他们再到刚才的窗户那边看看。隐士的孩子表示同意，于是他们又小心翼翼地走到小屋的窗子前面。

让他们感到惊讶的是，那两个陌生人居然已经消失了。

"咦！你觉得他们去哪儿了呢？"奈德惊讶地叫道。

"可能在其他房间里吧。"乔伊说道。

冒着被发现的危险，他们走进小屋，一个房间接着一个房间地找。所有的房间都是空的，而且他们也看到壁炉里的火已经被踩灭了。

"他们一定是当我们在柴棚的时候离开了。"奈德说道。

"说不定他们现在正在外面湖上呢。"隐士的孩子回答道，然后赶紧跑到湖边，他的同伴也跟着跑了过去。到了湖边之后，他们四下张望，却找不到一丝人影。

"乔伊，既然没有走水路，那一定是走山路离开的。"

"是的，现在山路可不好走。所有的树木现在都淋湿了，而且路上到处都是泥，一定很滑。"

他们走到小屋后面，很快发现了两位陌生人的脚印。脚印一直通向树林，走到一条流进湖里的小溪旁就不见了。

"我们显然不能沿着这条路找他们了，"乔伊说，"你会弄得满身都是泥和水的。"

"我也不想，"奈德回答，"可是我还是很想知道这两个人在做什么。"

"真希望我当初能看清楚他们的脸孔。"

"是的，真遗憾，我们没看清楚他们长什么样子。不过我能记住他们的声音。"

当他们决定放弃跟踪的时候，太阳已经出来了。两个人走到了停放小船的地方，乔伊把船掉了个头，让舱里的水流出去，然后他们尽量把座位擦干。

奈德想直接回家，于是他和乔伊就朝着河边镇的方向划了过去。就在他们沿着湖边划着船往前走的时候，隐士的孩子注意到湖边有几棵小树已经被闪电击中了。

"真幸运，闪电没击中我们刚才待的小屋。"他说道。

"这一定是一场可怕的风暴，乔伊。对了，我要告诉别人我们今天看到的那两个人吗？"

"你可以告诉你爸爸，这应该没有什么害处，奈德。"

"很好，我会告诉他的。"

很快，他们到了河边镇，付了钱之后，奈德·塔麦吉朝家里走去。

乔伊掉了个头，也往自己家里划去。但他万万没有想到的是，眼前正有一场灾难在等着他。

第 2 章

被毁掉的家

当乔伊沿着山边往家里划去的时候，他忍不住想起了那两个神秘男人以及他们所说过的话。

"他们一定是坏蛋。"他自言自语道，"而且从他们的谈话看来，他们一定是从纽约来的，想在费城采取行动。"

隐士的孩子忙了一天，此刻已经很累了，可是他还是划得很快，不久就到了他和希拉姆经常停船的码头。他清理了船舱，把

船桨放在固定的地方，然后一只手拿着鱼线，另一只手提着一条大鱼，开始沿着小路回到那个他称为家的地方。

"跟奈德住的地方相比，这里真是太糟糕了，"他自言自语道，"我想奈德一定觉得这只是个破棚子。我希望我们能够住更好的地方——或者至少能住在镇上。这里实在太偏僻了，周围只有老希拉姆叔叔。"

当乔伊走近小屋的时候，他脑子里突然闪过一个想法，不知道出于什么原因，他突然觉得情绪非常低落。于是他加快了脚步，一路小跑回到家里。

乔伊发出了一声尖叫。他们住的小屋靠近一棵巨大的铁杉树。刚才的闪电击中了大树，结果大树正倒在小屋上面，把它砸得粉碎。小屋的一个角已经被烧成粉末，大雨也已经把大火扑灭。

"希拉姆叔叔！"刚刚回过神来，孩子就大声叫道，"希拉姆叔叔，您在哪里？"

没有人回答，突然之间，乔伊的心脏好像停止了跳动。老隐士被埋在这堆废墟下面了吗？如果是这样的话，他很可能已经死了。

乔伊扔下手中的鱼和鱼线，狂奔到小屋前面。乔伊面前的小屋已经被挤成一堆，大门也已经倒在地上，只有在靠近地面的地方有个小口。他立刻跪在地上，开始透过小口往里面看。

"希拉姆叔叔！"他又叫道。

还是没人回答，他一边屏住呼吸，一边仔细等待着回应。就在这个时候，他仿佛听到从小屋的废墟里传来一声呻吟。他立刻跑到后面，拉开几块木板和一块破碎的窗户玻璃。

"希拉姆叔叔，是你吗？"

"乔伊！"里面传来一声低沉的声音，声音里充满了痛苦。那个人努力想多说几句，却做不到。

移开木板之后，乔伊看到了那位隐士，四脚朝天躺在地上，胸口上压着一根沉重的大梁。他的额头也划破了，脚踝也扭伤了。

"这可真是太糟糕了，希拉姆叔叔！"乔伊声音颤抖地说着，"我马上把您弄出来。"

"小……小心，乔伊……我……我……我的肋骨一定也断了。"隐士大口喘着气说。

"我会小心的。"乔伊一边说着，一边开始移开木板。然后他想搬开大梁，结果却发现自己根本无法移动分毫。

"抬起来，乔伊，这……玩意儿……简直快要……了我的命。"隐士虚弱地说道。

"我会的。"乔伊回答道，跑去拿了一块木头。然后他又拿

了一根又短又粗的木棒，用木棒把大梁支起了几英寸。

　　"您能爬出来吗？希拉姆叔叔。"

　　没有回答，乔伊发现叔叔由于用力过度而晕过去了。于是他把木棒固定起来，一把抓住隐士，把他拖到安全的地方。

　　乔伊以前从来没有照顾过受伤的人，所以他根本不知道接下来该怎么办。他把隐士放在草地上，用水给他洗了把脸。很快，希拉姆·波德莱再次睁开了眼睛。

　　"我的胸口！"他呻吟道，"肋骨一定都断了！我的脚踝也扭伤了！"

　　"我现在去请个医生，希拉姆叔叔。"

　　"请医生也没用。"

　　"说不定有用呢！"

　　"我可不相信医生。以前医生帮我妈妈动手术，结果她却死了。"

　　"可是加德纳医生是个好人。他会尽量帮助您的，我敢肯定。"乔伊急促地说道。

　　"好的，我承认加德纳医生是个好人。要是你……能……能找到他……我……我……"他想努力接着说下去，可是却做不到了。

　　"我想我能找到他。可是我不想把您一个人留在这里。"乔伊无助地往四周看。他希望奈德现在能够在自己身边。

"没关系……给我点水喝……然后就去吧！"希拉姆·波德莱回答道。他经常带加德纳医生一起出去打猎，所以他很喜欢这位医生。

5分钟之后，乔伊已经在去医生家的路上了——医生就住在河边镇的郊区。他尽量让隐士感觉舒服一些，把他放在床垫上，然后又给他盖了些衣服——天色已经晚了，太阳也落到山的另一边了。

虽然已经很累了，可是乔伊还是用尽全身的力气跑到了医生那修饰得很整齐的小花园里，走到门廊里，按了几次门铃。

"出什么事情了？"加德纳医生打开了门，问道。

"因为刚才那场大雨，我们的小屋成了废墟，希拉姆叔叔也受了伤。"乔伊回答。

"这太糟糕了，我的孩子。"医生说，"我马上就来，看看能为你们做些什么。"

他立刻跑回去拿了急救箱，还带了一些药，然后跟着乔伊回到了船边。

"你看起来好像很累了。"医生看着乔伊划船的样子，关心地问道。

"我是累了，先生……我今天划了很长时间。可是我想我还

能应付。"

"让我来划。"医生一边说着，一边拿起了船桨。他是个很棒的划手，在他的帮助下，他们只用了一半时间就来到了乔伊的小屋。

码头上有一盏灯笼，是乔伊和隐士晚上出去钓鱼的时候用的。点亮灯笼之后，两个人就沿着小路快步走到小屋面前。

希拉姆·波德莱正躺在乔伊把他放置的地方。他呼吸很困难，刚开始的时候甚至没有认出医生。

"拿开！"他轻声说，"拿开！这简直……会要了我的命。拿开！"

"希拉姆……希拉姆……，你不认得我了吗？"加德纳医生问道。

"哦！是你吗？我想你也帮不了什么忙了，医生，是吗？我……我完了！"由于疼痛，病人的脸上一阵痉挛。

"只要活着，就有希望。"医生回答道，但他也不十分确定。因为他发现希拉姆·波德莱现在的情况非常糟糕。

"他会好起来的，是吗？"乔伊急忙问道。

医生没有回答，他开始尽量帮助眼前这个严重受伤的人。他用手摸了摸病人的胸部，听了听他的呼吸，然后给他吃了一些药。

"他的脚踝也受伤了。"乔伊说道。

"先别管脚踝，乔伊。"医生回答。

从对方的口气里，乔伊听出有些不对劲，他立刻一把抓住了医生的肩膀。

"医生，说实话！"乔伊叫了起来，"他快要死了吗？"

"恐怕是的，我的孩子。他的肋骨都断了，其中一根刺进了他右边的肺里。"

听到这些话，孩子的眼里立刻涌满了眼泪，他只能尽量让自己不马上哭出来。虽然老隐士对他很严厉，可是乔伊还是觉得他对自己很重要。

"您就不能做些什么吗，医生？"他恳求道。

"这里不行。要是在医院的话，我们或许能够做些什么，不过我担心他不能坚持到医院了。他现在很虚弱。勇敢一点，我的孩子。这是一场严苛的考验，我知道，不过你必须记住凡事都要往好的方面想。"

乔伊跪在伤者身边，抓住他的手。希拉姆·波德莱看了看他，然后又看了看医生。

"我……活不了了……我知道。"他声音沙哑地说，"乔伊，陪着我，直到我死，好吗？"

"我会的！"乔伊颤抖着声音回答，"哦，这可真是太可怕

了！”

　　“很抱歉这么快就要离开你，乔伊。……我……我本来希望……，有一天能够为你做些事情的。”

　　“你已经做了，希拉姆叔叔。”

　　“我把我所有的东西都留给你，乔伊。医生，你听到了吗？”

　　“听到了。”

　　“并不是很多，不过还是有一些的。那个蓝盒子……”说到这里，他开始咳嗽起来。

　　“蓝盒子？”乔伊问道。

　　“是的，乔伊。都在那个蓝盒子里……有些文件，还有些钱……，那蓝盒子是……是……”话还没说完，他又开始咳嗽起来。“我……我想喝水！”他一边说着，一边大口喘着气。

　　水很快就端了过来，他一饮而尽。然后他又想说些什么，可是却说不出来了。医生和乔伊把他扶了起来。

　　“希拉姆叔叔，说啊！”孩子哭道。

　　可是希拉姆·波德莱已经说不出话来了。

　　三天以后，希拉姆·波德莱下葬了。虽然他在湖区认识很多人，可是来参加丧礼的人并不多。乔伊是主要的送丧人，说实话，当他把隐士送到墓地的时候，他的心情很沮丧。

丧礼结束之后，有几个人问乔伊以后打算怎么办。他也无法回答这个问题。

"找到那个蓝盒子了吗？"加德纳医生问道。

"没有，先生，我没想过这件事。"

"说不定里面有钱和一些珍贵的文件呢，乔伊。"

"我今天就去找。"乔伊说，"我……不能……"

"我知道。我相信你能找到那个盒子，希望里面能有你希望得到的东西。"医生接着说道。

因为奈德·塔麦吉的父亲刚刚去西部旅行，所以他无法提供任何帮助。不过奈德还在家里，所以他帮了很多忙。

"你不知道接下来该做什么是吧，乔伊？"在奈德和乔伊回到小屋废墟的路上，奈德问道。

"是的。"

"嗯，要是你缺钱的话，我可以帮你。"

"谢谢，奈德。你是个好人。"

"一个人被扔在这个世界上，像现在这个样子，一定很不容易。"这位有钱孩子同情地说道。

"是的。我很怀念希拉姆叔叔。虽然他有些古怪，不过他是个很善良的人。"

"听说他有一次在森林里被射中了脑袋？"

"是的。"

"说不定正是因为这样，所以他有的时候才显得有些古怪。"

"可能是吧。"

"我这里有6美元50美分，是我存下来的零用钱。要是需要的话，我可以给你。"奈德慷慨地说道。

"还是不要了吧，奈德。"

"为什么不要呢？"

"我想尽量依靠自己。而且我想我应该能够找到一些钱。"乔伊提到了那个遗失的蓝盒子。

"你无论如何一定要尽快找到那个蓝盒子。"这个有钱孩子叫道，"我会帮助你的。"

希拉姆·波德莱死后，乔伊和湖区的另外两个向导设法修复了小屋的一个房间，并在这里举行了丧礼。

房间里有张床，一张桌子，两把椅子，还有一些盘子和厨房用具。地面裸露着，窗户也破了。

"现在只剩你一个人了，你一定不会继续待在这个地方，对吧？"奈德四下看了看，然后说道。

"我也不知道该去什么地方，奈德。"

"为什么不搬到镇上来呢？"

"可能会吧！可是我想在做出任何决定之前，我必须先找到那个蓝盒子。"

两个孩子立刻开始在废墟中寻找蓝盒子，他们翻遍了自己能够想到的所有角落；他们移开沉重的木板，乔伊甚至拿来一把铁锹，找些地方挖了挖。

"好像并不在这里啊！"一个小时之后，奈德说道。

"一定在这里。"乔伊大声说道。

"说不定埋在树底下呢。"

"有可能。不管怎么说，我敢肯定那个盒子一定在这房子的附近。"

说完之后，两个孩子又继续找了一个小时，他们翻遍了乔伊相信盒子可能被放置的所有地方。但是，还是没有结果。蓝盒子始终没有出现。

最后，两个孩子坐在小屋前面的椅子上。两个人都累坏了，尤其是奈德。乔伊心情低落，他的朋友也没办法让他开心起来。

"总有一天会找到那个盒子的。"奈德说，"除非有人把它拿走了。"

"什么人呢，奈德？"

"那些在丧礼之前帮忙修理小屋的人。"

"哦，我想他们不会偷那个蓝盒子的。巴特·安德鲁和杰

克·汤普森都是诚实的好人。"

"是的，可是你找不到一丝盒子的踪迹，你不觉得奇怪吗？"

两个孩子继续聊了一会儿，然后奈德说他必须回家了。

"要是愿意的话，你可以跟我一起回去，"他说，"总比一个人待在这里好。"

可是乔伊拒绝了这个邀请。

"我还是留在这里吧。明天一大早，我还要再继续找找看。"他说道。

"好吧！要是你需要什么东西的话，过来找我吧！乔伊，好吗？"

"我会的，奈德。"

奈德开始往自己的船走去，乔伊跟他一起走到湖边。朋友走了之后，隐士的孩子回到了破碎的小屋旁。

他很饿，可是却没有心思吃东西。于是就随便咬了几口一位邻居带过来的面包和乳酪。他感觉非常孤独，一想到这里，一种奇怪的感觉就会笼罩他的心头。

对这个可怜的孩子来说，这是一个痛苦的夜晚。可是当早晨来临的时候，他却已经下定了决心：他会通过自己的努力生活下去，他不会向任何人寻求帮助，即使是奈德。

"要是找不到那蓝盒子的话，那就算了。"他告诉自己。

天刚亮，他为自己准备了早饭，然后开始继续寻找那个失踪的盒子。整整一天，他都在找，可是却没有任何结果。快到晚上的时候，乔伊来到湖边。他在这里捕了几条鱼，烤熟当晚餐吃。

总共加在一起，乔伊现在口袋里有1美元50美分，他还在隐士的口袋里找到了9美元。

"10美元50美分。"他一边数着钱，一边轻声说，"想要出去闯世界的话，这笔钱确实不多。可是要是想去镇上的话，我一定要买些新衣服。"

从这里我们可以看出，乔伊正考虑结束在湖边和山里的生活，准备搬到镇上去。打猎和钓鱼对他的吸引力是有限的，他想走进这个繁忙的世界，让自己能够有所作为。

他现在有两套衣服，不过都已经很破旧了，他的鞋子和帽子也破烂不堪。希拉姆·波德莱留给他几件旧衣服，不过这些衣服都太大了。

"我想我应该去找小贩杰瑟卡，把这些东西卖给他。"他自言自语道。

杰瑟卡是一个希伯来小贩，他经常拉着车来到湖区，卖一些锡具，跟人们做些交易。于是乔伊来到离大街上最近的房子，问里面的人杰瑟卡什么时候会来。

"明天吧，乔伊。"这位邻居说道。

"要是他来的话，史密斯先生，您能让他到我那里去一下吗？告诉他我想卖给他一些东西。"

"你想把那里的东西都卖掉吗？"

"是的，先生。"

"那你以后怎么办？"

"到镇上找份工作。"

"这是个好主意。打猎和钓鱼不像以前那么容易了。你打算卖多少钱？"

"尽量吧！"乔伊脸上浮现了一丝苦笑。

"不要便宜就卖，杰瑟卡是个砍价高手。"

"如果他给的价钱不合适的话，我就把东西装到船上，把它们拉到镇上去卖。"

"这个主意蛮不错的。你会把希拉姆的那把双管猎枪也卖掉吗？"

"是的，先生。"

"我愿意出10美元。"

"我想卖12美元，史密斯先生，那可是一把好枪。"

"好吧！虽然它样子有点老旧了。拿过来吧！我给你12美元。"这位邻居回答道，他也想帮帮乔伊。

乔伊立刻回去拿来那把枪，接过了钱。然后他再度回到小屋，整理出所有想卖掉的东西。

第二天中午的时候，那个希伯来小贩出现了。刚开始的时候，他宣称乔伊的所有东西加在一起也不值2美元。

"好的，要是这样的话，我们也不必谈了。"乔伊很干脆地说道。

"这些东西都很破旧了。"杰瑟卡说，"衣服都破成碎片了，家具和盘子也都有裂痕了。"

"要是你不想要的话，我可以自己把它们拿到镇上去卖。我敢肯定会有人买的。"

莫斯科斯基碰巧是杰瑟卡的竞争对手，他宣称自己拥有一家二手货商店。一想到这些货物可能会落到这个人手里，杰瑟卡就感觉浑身不自在。

"好吧！我喜欢你。"他说，"我们是朋友，我可以付你3美元。"

"10美元卖给你。"孩子回答。

然后双方展开了一场漫长的讨价还价，最后，这个希伯来小贩同意支付7美元50美分，但条件是乔伊必须帮他把货物送到大街上，这样他就可以直接把货物放到马车上。到了傍晚的时候，所有的货物都被装到马车上了。乔伊现在只剩下身上的一套衣

服。可是他的口袋里已经装了30美元，这让他感到非常满意。

"我想我应该在这笔钱花完之前，给自己找份工作，"他自言自语道，"否则的话，那可就是我的问题了。"

第 **3** 章

一套新衣服

第二天早晨，下起了雨，于是乔伊只好等雨停，大约在中午的时候，乔伊离开了小屋。他随身带着自己所有的财产，包括那个装着30美元的钱包。而一想到那个蓝盒子，他就忍不住叹了口气。

"说不定它永远也不会出现。"他告诉自己。

下午2点钟的时候，乔伊来到了河边镇的大街。河边镇是一个

中等规模的小镇。夏天的时候，很多游客会到这里来消暑旅游，那时候的旅馆和公寓里就会挤满了人。

河边镇有一家很好的服装店，可是乔伊觉得自己手头的资金有限，所以最好还是不要去那种地方买衣服。于是他就在大街旁边找了一家普通的服装店。

就在他的前面，有一对爱尔兰夫妇，显然他们来到这里的时间并不长。男的笨拙地走进商店，好像感觉很不自然。他的妻子走在他前面不远的地方。

"你们有男士外套吗？"妻子对迎上来的店员说，"如果能够帮我丈夫挑件便宜的，我就买下来。"

"是的，夫人。"对方急忙回答，"我们有镇上最好的衣服。包您满意。"

一边说着，店员一边走到了堆满衣服的柜台前面，然后招呼这对夫妇过去。

"看看这件，"他从柜台上拿下了一件样式很难看的衣服，"品质一流。这本来是为镇上的一位绅士做的，只是尺寸不太适合他，所以我们愿意便宜卖了。"

"多少钱？"

"3美元。"

"3美元！"那位爱尔兰妇女惊讶地挥动着双手，叫道。

"事实上，夫人，我们现在只是半价出售。"

"迈克，"她说，"脱掉你身上那件外套，穿上这件试试吧。3美元，这看起来好像是棉线的。"

"里面没有一根棉线。"店员回答。

"不是一根，我想有很多根吧！"爱尔兰女士一边帮忙丈夫脱下外套，一边反驳道。还算合适，迈克看起来非常高兴。

"好吧！"妻子说，"多少钱？"

"看在你的面子上，我再减25美分吧！"店员回答。

"2美元？"客人问道。

"2美元75美分。"

"2美元75美分！这么高的价格，你简直是在抢我们孩子嘴里的面包！我给你2美元25美分，而且过段时间我还会再来的。"

"我们不能接受这么低的价格，夫人。我们可以2美元50美分卖给您！"

经过一番艰难地讨价还价之后，这位爱尔兰女人终于把价格提高到2美元45美分，对方表示接受。

于是她从口袋里拿出一把零钱，从里面数出2美元40美分，然后告诉对方说她一分钱也没有了。

"简直是在抢劫啊，你们！"她一边付钱，一边说道。

"哦，不，夫人，您可真会讨价还价啊！"店员回答。

乔伊目睹了这个有趣的交易过程。爱尔兰夫妇一离开商店，店员就走了上来。

"你好，年轻人，我能为你做些什么？"他开心地问道。

"我想买套衣服。不要贵的，只要毛织的就好了。"

"浅色还是深色的？"

"深灰色。"

"我可以帮你从里面找一件。"店员指着旁边堆着的几件衣服说道。

"我不想要那样的。我想要一些橱窗里的样式，上面标着9美元50美分的那种。"

"哦，好的。"

他很快拿来了几件衣服，其中一件非常适合乔伊。

"你保证这件是毛织的？"乔伊问道。

"每一根都是毛织的。"

"那我买了。"

"很好，12美元。"

"可是橱窗里标的不是这个价格啊？"

"两件衣服样式一样，不过这件要稍微好一些。"

"可是在我看来，这两件衣服完全一样啊！我只给你9美元50美分。"

"我不能接受。11美元50美分好了，不能再低了。"

"那我去其他地方买好了。"乔伊一边说着，一边开始准备走出服装店。

"等一下，别这么快就走啊！"店员一把抓住乔伊，"11美元15美分怎么样？"

"就按照标价，9美元50美分，我一分钱也不会多给的。"乔伊坚定地回答。

"哦，可是这两件衣服不一样啊！"

"在我看来，这两件衣服没什么区别。不过要是你不想卖的话，你可以不必卖给我。我想梅森哈里斯商店正在打折。"

"你在这个小镇上，或者说是在整个费城，都不可能找到更合适的价钱了。"店员回答道，他可不想让这位潜在的顾客走开。"好了，11美元吧！别多说了。"

乔伊没有做出任何回答，反而再次朝门口走去。

"等一下！"

"我没时间。"

"10美元50美分吧！按照这个价格卖给你，我们已经损失50美分了。"

"多一分我都不买。"

"我们不可能那么便宜卖给你。那样我们就完了。"

"那就别卖了。我想梅森哈里斯一定有一些非常便宜的好衣服。而且一定都是最新款的。"乔伊接着说道。

"我们的衣服是镇上最好的，年轻人。10美元卖给你！"

"要是你能搭配给我一顶半美元的帽子的话，我就买下这件衣服。"乔伊说道。

"好了，卖给你了，就当赔本算啦！"店员嘟囔道。

他想要把衣服包起来，可是乔伊怕他调包，于是坚持他要当场换穿新衣服。然后他请人把自己的破衣服打包，拿出10美元付给了店员。

"你可真是会做生意啊！"店员说道。

"跟你这样的人做生意就得这样。"乔伊回答。

"你比那个爱尔兰妇女还会杀价。"

"如果这件衣服是毛纺的话，那我确实会做生意。可是它要是棉线的话，我就赔本了。"乔伊说道，然后他把破衣服往腋下一夹，走出了服装店。

他刚才把小船放在一个名叫艾克·费尔德的老船夫那里，现在他开始向船库的方向走去。

"你回来得正好，乔伊。"老船夫说，"想不想赚1美元呢？"

"当然想。"乔伊回答。

"有几位女士想到湖上看看。你可以陪她们去。"

"好的，艾克。"

"我收她们1美元15美分。我会从这个费用里面拿走15美分作为佣金。"

"这很公平。"

"一位女士说她想找一位穿着体面的向导。我想，要是穿上新衣服的话，你会比较合适。"

"我本来不打算穿着新衣服去湖上，可是如果客户们这样要求的话，我愿意穿着。"乔伊回答。

"我发现穿着体面也很重要，你可以带很多夏季游客出去玩。"老船夫说，"而且保持船的整洁也是很重要的。"

"我到哪里找她们呢？"

"就在麦利森旅馆的码头上。其中有一位女士是麦利森先生的外甥女。"

"她们为什么不坐旅馆的船呢？"

"旅馆的船在两天之前都已经被预订满了。这个季节通常很忙。我得走了，你最好现在就到码头那边去。她们打算3点整出发。"

"好的，我现在就走。"乔伊回答。

乔伊打扮得整整齐齐，把船划到了旅馆的码头。在出发之

前，他又买了一件新衬衣和一条蓝黑色的领带，再加上他的新衣服和新帽子，这下乔伊看起来就更体面了。

小船在早晨的时候就已经被打扫干净，当女士们出来的时候，她们显然对小船的整洁感到非常满意。

"这小船真是干净啊！"旅馆主人的外甥女——梅贝尔·麦利森小姐说道。

"船夫的穿着也很整齐。"她的一位朋友接着说，"我简直无法忍受昨天的那位船夫，他的双手脏透了，嘴巴里都是烟渍。"

一共有四位女士，两位坐在船头，两位坐在船尾。这一下子使船身变得很重，可是由于她们并不要求速度，所以乔伊倒也不介意。

"我们想去费恩石，"梅贝尔·麦利森说，"他们告诉我在那里可以摘到很多美丽的蕨类植物。"

"是的，"乔伊回答，"我上个星期还见到了。"

"要是可能的话，我想去摘一些漂亮的赤杨。"另外一位女士说道。

"我可以帮你摘很多。"

乔伊尽量优雅地划着船，在这个过程中，女士们向他提了很多关于这个湖以及附近地区的问题。到达费恩石之后，所有的女士都上岸活动，乔伊向她们指示自己看到蕨类植物的地方，然后挖出一些大家都想带走的蕨类植物。就这样，他们在这些植物上花了一个小时，又摘了一些赤杨枝，然后才开始返回旅馆。

"我想划船。"一位体型丰满的女士说道。

"哦，詹尼，我觉得你不会划船！"另外一位女士叫道。

"我当然会。"詹尼回答。

"小心点！"乔伊警告道，然后小船开始摇晃起来。

"哦，我不怕！"这位丰满的年轻女士说道，然后又把身子往前靠，抓住了一支船桨。就在这个时候，她的脚底突然一滑，一下子跌到了船舷上，使得小船比之前摇晃得更厉害了。就在这个时候，斜倒在一边的梅贝尔·麦利森小姐看着清澈的湖水，突然尖叫起来。

"哦，救命啊！"她大叫道，然后"扑通"一声掉进了湖里。

乔伊大吃一惊，船上的女士们发出了一阵惊呼。

"她会被淹死的！"

"哦，救救她吧！救救她吧！"

"这都怪我！"那位丰满的年轻女士尖叫道，"我把小船弄歪了。"

乔伊什么也没说，只是往船边看了看。他看到梅贝尔·麦利

森的身体就在不远的地方。可是身体显然已经开始下沉，并没有浮上来。

"真奇怪，她居然没有浮上来。"他想道。

这时他又看了看，突然发现梅贝尔·麦利森小姐的衣服被钩在湖里的石头上。于是他毫不犹豫地跳进湖里，直接潜到水底。

要把衣服从石头上解下来并不是一件容易的事——因为衣服被钩在两块大石头中间。乔伊用力拉了两下，衣服终于松开了，很快，乔伊和梅贝尔·麦利森小姐浮出了水面。

"哦！"船上的两位女士叫道，"她淹死了吗？"

"我想没有，"乔伊回答，"请你们都好好坐着，否则会翻船的。"

乔伊尽快把梅贝尔·麦利森小姐拉到船上，然后自己也爬了上来。正当他往船上爬的时候，那个不幸的女孩深深呼了一口气，睁开了眼睛。

"哦！"她低声说道。

"你现在安全了，梅贝尔！"她的一位同伴说道。

"哦，这都是我的错！"那位身材丰满的女士说，"我永远都不能原谅自己！"

梅贝尔·麦利森小姐喝到一些水，但没有受到任何伤害。不过她漂亮的蓝裙子显然已经彻底被毁掉了，而且乔伊的新衣服看起来跟刚穿的时候也大为不同。

"我们现在立刻就回旅馆吧！"一位女士建议道，"你还好吗？"她问乔伊。

"是的，夫人。"

"你刚才跳下去救梅贝尔的时候真的很勇敢！"

"确实如此！"年轻的梅贝尔·麦利森小姐说，"要不是有你的话，我一定已经被淹死了。"说到这里，她禁不住打了个冷战。

"我看她的衣服被石头钩住了，所以才下去救她的。"乔伊简单地说，"这没什么了不起的。"

虽然浑身都在滴水，可是乔伊还是拿起船桨，很快地把小船朝着旅馆的方向划去。有人在梅贝尔·麦利森小姐湿透了的肩膀上披上了一条毛巾，这样她就不至于感冒了。

回到旅馆的时候，女士们的归来引起了一阵轻微的骚动。梅贝尔·麦利森小姐急忙回到自己的房间，换上干衣服，乔伊则被带到了厨房。正当旅馆老板听说是乔伊救了自己的外甥女的时候，他急忙让人把乔伊带到自己的私人房间，给他换了一套跟乔伊身材差不多的男孩衣服。

"你做得很好，年轻人。"当乔伊穿着一身干净衣服出现的时候（他自己的衣服已经被送到洗衣房烘干了），旅馆主人说

道。

"我很高兴自己当时在那里，麦利森先生。"

"让我看看，你是希拉姆·波德莱家的孩子吗？"

"是的，我跟希拉姆·波德莱先生一起住过。"

"我就是这个意思。那场可怕的意外害死了他。你还住在那间被砸倒的小屋子里吗？"

"不，先生。我刚刚把东西卖光，我想在镇上住下来。"

"住哪里？"

"我还没决定。等艾克·费尔德先生帮我介绍一份带女士们出游的工作结束的时候，我就会找个地方住下来。"

"我明白了，这是你自己的船，对吧？"

"是的，先生。"

"你应该能够自己谋生，你可以带那些夏季游客出游。"

"我想我可以，可是冬天的时候我就没事情可做了。"

"好吧！说不定你那时候可以帮我做些其他的事情。"安德鲁·麦利森先生掏出一个厚厚的钱包，"你救了梅贝尔，我想奖励你。"

他掏出两张10美元的钞票，把它们递给乔伊。可是乔伊摇了摇头，表示拒绝。

"非常感谢您，麦利森先生，但是我不要奖励。"

"可是这是你应该得到的，我的孩子。"

"我不会要的。要是您想帮助我的话，可以把您旅馆的工作分配一些给我做。"

"你真的不要这些钱吗？"

"不要，先生。"

"那你觉得在我的旅馆里，找一份固定的工作怎么样？"

"我愿意。"

"我可以保证，只要夏天没过去，你就会有一份固定的工作。"

"我能赚多少钱？"

"每天至少1美元，还有你的食宿。"

"那我接受，非常感谢您的好意。"

"你什么时候能来？"

"我已经在这里了。"

"这就意味着你从现在就可以待在这里了？"

"是的，先生。"

"我可不想给你一份每天从湖里捞人的工作。"安德鲁·麦利森先生微笑着说道。

"除非我穿着合适的衣服，麦利森先生。而且，它还应该能够帮我找到一份合适的工作。"

"我可以很放心地让你陪客人一起出去，因为我知道你会尽量保证他们不受到伤害的。"

"我一定会的，我可以保证。"

"明天你可以帮忙带两位年纪大一点的女士出去，她们想绕湖转一圈，看看所有那些有趣的地方。当然，你应该都熟悉这些地方吧。"

"是的，先生。我知道湖边所有的地方，山里的情况我也很清楚。"

"那我可以交给你很多工作。我很高兴能认识你。我目前缺人手——可能今天晚上就会需要。我想解雇山姆·古勒姆，因为他太喜欢喝酒了。"

"哦，我可不会有这种问题。"

"你不喝酒吗？"

"滴酒不沾，先生。"

"我很高兴听到这个，这对你会有好处的。"安德鲁·麦利森先生说道。

第 **4** 章

挫折与善行

　　几天过后，乔伊已经陪着旅馆的客人到湖上旅行好几次了。所有的客人对他都非常满意，对他也非常好，很快，他好像已经把过去的烦恼统统抛到脑后了。

　　第一个星期开始的时候，奈德过来看他。

　　"我要去西部见几位朋友。"奈德说道。

　　"祝你玩得开心。"乔伊回答。

"哦，我一定会玩得开心的，乔伊。对了，你在这里似乎过得还不错。"

"是的，我很高兴。"

"人们告诉我麦利森先生是个很好的老板。你最好能跟他在一起。"

"我会的……只要有工作可以做。"

"说不定他会交给你一些其他的事情做呢。"

又聊了几句之后，奈德就离开了。等到这两位朋友再见面的时候，喔！那已经是很久以后的事情了。

到目前为止，乔伊跟旅馆里所有的人都相处得很好。直到有一天晚上，当他正在清理自己的船的时候，一个男人走近乔伊，粗鲁地抓住他的肩膀。

"你就是那个夺走我工作的人，对不对？"这个男人大声狂叫道。

乔伊抬头看了看，认出这个人就是山姆·古勒姆，就是那个因为酗酒而被解雇的船夫。即使是现在，这个人依然醉醺醺的。

"我没有夺走你的工作。"乔伊对他说道。

"我说你夺走了，"山姆叫道，"这不公平！"

听到这句话，乔伊并没有回答，低头继续清理着自己的小船。

"我想揍你！"山姆踉跄着走上前，醉醺醺地说道。

"听清楚，山姆·古勒姆，你最好离我远一点。"乔伊严厉地说，"麦利森先生解雇你是因为你酗酒。这件事跟我没关系。"

"我不喝酒了，至少，我不会喝那么多了。"

"是的。如果你能彻底戒酒的话，那将是这个世界上最美好的事情。"

"呃！你难道是在教训我吗？你这个小混蛋！"

"你离我远一点。"

"你偷走了我的工作，我要揍你一顿。"

"你要是敢碰我一下，你会受到伤害的。"乔伊说，"离我远一点，我就不会干涉你的。"

"哈！"山姆大叫一声，笨拙地扑上前去。他想打乔伊的鼻子，可是乔伊轻松地躲开，山姆·古勒姆一下子倒在船上。

"嘿！你对我做了什么？"半醉的山姆一边嘟囔着，一边慢慢站起身来。"你不能这样对我，听见没有？"

"那就不要再对我动手。"

双方沉默了一会儿，山姆·古勒姆站起身来，再次发起攻击。这时旁边已经聚集了一小群人，有镇上的孩子，还有旅馆里的帮手。

"山姆·古勒姆要跟乔伊·波德莱打架了！"

"山姆会杀了乔伊的！"

山姆用尽全身的力量扑向乔伊。可是乔伊再次躲开，一脚把对方绊倒在地。

"你还不打算离我远一点吗？"乔伊冷静地问道。

"不，不会的！"山姆·古勒姆咆哮道，"谁给我拿根棍子来，我要给他点颜色看看！"

山姆再次站起身来，这次他拿起船桨，用力朝乔伊的脑袋砸过去。乔伊第三次躲开，可是这次船桨打中了他的手臂。

乔伊非常生气，觉得是该奋起自卫的时候了。他挪到码头边，山姆·古勒姆跟了过去。就在这个时候，这孩子突然一下子钻到山姆的身后，猛然转回头来，一把把山姆推到了湖里。

"哈哈！乔伊得一分！"

"这下可以让山姆·古勒姆冷静一下了！"

"是的，说不定可以让他清醒一下。"一个站在旁边的人说道，他从一开始就在旁边站着看。"他自找的，那孩子跟这件事根本没一点关系。"

山姆·古勒姆挣扎着从水里爬起来，就像一头搁浅的大鲸鱼。这里的湖水还不到四英尺深，可是他根本不知道，甚至都没有站直身体。

"救救我！"他叫道，"救救我！我不想淹死！"

"喝点水吧！这对你有好处的！"一位旁观者笑着说道。

"走过来吧！没事的。"另外一位说道。

最后，山姆·古勒姆站起身来，绕过码头走到了岸边。一群人跟着他，以免他再靠近乔伊。

"以后再收拾他。"依然醉醺醺的山姆·古勒姆说着，之后慢慢地走开了。还有几个小孩子在旁边起哄。

"他活该！"一位船夫对乔伊说道。

"我想他还会再来找我麻烦的。"乔伊说道。

"哦，我可不会把他推到水里，乔伊。"

"我也不想。要是他还攻击我的话，我会保护自己的。"

"他一直是个让人讨厌的家伙。很奇怪，麦利森先生居然容忍了他那么久的时间。"

"那是因为他缺少帮手。夏天旺季的时节里，旅馆不容易找到帮手。"

"这倒是真的。"

乔伊本来以为山姆·古勒姆还会回来找他，可是到了第二天，山姆并没有来。有人说那天晚上，山姆和妻子、还有几位亲戚发生了争执，很可能已经被抓了。当山姆被带到法庭接受审判的时候，法官判他入狱6个月。

"他活该。"告诉乔伊这件事的那个人说道。

"他妻子一定很难受。"

"是的，乔伊。"

"他们有孩子吗？"

"有四个……一个7岁的男孩，还有三个小女孩。"

"他们生活得好吗？"

"什么，有这样的父亲？不，他们很穷。她以前出去帮人洗衣服，可是现在她必须待在家里照顾孩子。山姆是个非常粗暴的家伙，经常打她。我一点也不奇怪她的亲戚们会插手管这件事情。"

"说不定她的亲戚们会帮她。"

"他们也帮不了多少忙，因为他们也都很穷，而且其中一个还在医院动手术呢！"

"山姆家住在哪里？"

"沿着铁路巷走下去，离水塔不远。是一座小木屋。"

乔伊没有多说，可是他听到的这些事却让他陷入沉思，结束工作之后，他穿过小镇，朝着铁路巷的方向走去。

山姆的家就在距离水站不远的地方，是一间很破的小木屋，正像昨天晚上那个人说的那样，木屋里有一根已经倒下的烟囱和几扇已经破了的窗户。他向其中一扇窗户里面看了看，借着冒着烟的煤油灯的光亮，他看到一位妇女正坐在摇椅上哄着婴儿睡觉。旁边还有三个小孩子，不知道该怎么办。桌子上有几个盘子，可是盘子里却几乎没有任何食物。

"妈妈，我想再吃一些面包。"其中一个小孩说道。

"明天早晨再吃吧，约尼。"母亲回答。

"不，我现在就想吃，"小孩央求道，"我饿。"

"我也饿。"另外一个小孩跟着说道。

"我今天不能再给你们了，因为已经没有了。"母亲叹气说，"好了，安静一下，不然你们会把小婴儿弄醒的。"

"爸爸为什么不回家呢？"那个7岁的孩子问着。

"他不可能回来，鲍比……他……必须离开。"母亲犹豫地说，"好了，你们都安静，明天早晨再吃面包吧。"

孩子们开始哭了起来，乔伊再也看不下去，于是只好离开。巷子里有一家杂货店，他几乎是跑进这家店里的。

"给我一些面包，"他说，"还有蛋糕和一磅乳酪，再来些烤牛肉，一磅好茶叶，还有一些糖。麻烦快点。"

很快地，杂货店老板称好了这些东西，把它们包了起来，乔伊抱着这些东西跑回了木屋，敲了敲门。

"谁啊？"古勒姆太太警觉地问道。

"我给你们带了一些吃的东西。"乔伊叫道。

"看呢！"7岁的男孩尖叫道，"面包，还有乳酪！"

"还有糖！"一个小女孩说道。

"还有茶！妈妈，这是您喜欢的！"另外一个孩子说道。

"这些东西是从哪里来的？"古勒姆夫人问道。

"一位朋友给的，"乔伊回答，"都已经付过钱了。"

"真的非常感谢。"

"现在我们可以吃面包了，对吧？"男孩问道。

"是的，还可以吃些烤牛肉和乳酪。"母亲说道，把睡着的婴儿放到床上之后，她开始为孩子们分配食物。

直到孩子们吃饱，上床睡觉之后，乔伊才有机会跟古勒姆太太说话。当她知道对方是谁的时候，她感到大为吃惊。

"没想到您这么善良，"她说，"我知道我的丈夫对您的做法很无耻。"

"那是因为他喝醉酒了，夫人。"乔伊说，"我想他要是能把酒戒掉的话，他就会变得很好的。"

"是的，我可以肯定！"她叹了口气，"刚结婚的时候，他是个非常善良、真诚的好人。可是，后来他开始酗酒……结果就搞成这个样子。"

"说不定从监狱出来的时候，他的人生就能重新开始。"

"希望是的。否则的话，我也不知道该怎么办了。"

"你有什么工作可做吗？"

"我以前为镇上的两户人家洗衣服，可是，现在他们都请到正式的帮佣了。"

"可以试着登广告，说不定你可以找到更好的工作呢。要是你同意的话，我可以帮你在《河边镇新闻》上登个广告。"

"谢谢您。我不知道您为什么这么善良。"

"哦，我自己的处境也不好，古勒姆太太，所以我能体会别人的感受。"

"您说您以前跟希拉姆·波德莱——那位隐士，住在一起是吗？"

"是的。"

"我的朋友以前也认识他。自从那次中枪以后，他就变得非常奇怪。"

"是的，不过他很善良。"

"您是他的儿子吗？"

"不，他说我是他的侄子。"

"哦，我想起来了。他的确有过一位兄弟，这位兄弟的妻子已经过世，还留下几个孩子。您是那个人的儿子吗？"

"我想是的。"

"您从来没有听说过您父亲的消息吗？"

"一个字也没有。"

"您可真够辛苦的。"

"我会去找我爸爸的。"

"要是这样的话,我希望您能够找到他。"

"是的。"乔伊站起来说,"我想我该走了。"他停了一停,"古勒姆太太,你会让我继续帮助你吗?"乔伊真切地说道。

"为什么?您已经帮我很多了!一千个人里面也不会有一个人会像您这么做的……尤其是我的丈夫那样对待您。"

"我想你现在可能很缺钱。"

"我必须承认,我确实缺钱。"

"我也不是有钱人,不过要是你需要的话,我可以给你5美元。"

"就当是您借我的吧!我可不希望您给我钱。"可怜的妇女说道。她想到丈夫走了之后,她还需要很多东西。

乔伊把钱递给她之后,就离开了。不知道为什么,做了这些事情之后,他的心情一下子变得轻快起来。

毫无疑问,他在关键的时刻帮助了别人。

第二天一早,他找到安德鲁·麦利森先生,他告诉这位旅馆老板有关于古勒姆太太的情况。

"我想也许旅馆的洗衣房里，可以帮她安排一份工作。"乔伊说道。

旅馆老板把管家找来，从她那里，他了解旅馆的洗衣房里需要一位熨烫衣服的人。

"你可以请她过来，我们会试用她一下。"他说道。

很快，乔伊就把这件事情告诉了那位可怜的古勒姆太太，看到自己不需要登广告就能找到一份工作，她高兴极了。

"我现在就去。"她说，"我会让邻居家的女孩帮我照顾一下孩子的。"

她是一位非常出色的洗衣工，麦利森先生给了她一份稳定的工作，一直到她丈夫出狱。后来证明山姆·古勒姆也确实改过自新，成了一个既冷静又勤劳的人。

乔伊现在已经跟旅馆里的很多人都很熟悉了，很多住房的客人也都很喜欢他。

其中有一位叫菲力克斯·盖辛的人。他是个很好的人，只是有一些比较奇怪的习惯。比如说他非常害怕马，只要有可能，他就会尽量跟它们保持距离。

"你不知道吗？我一点都不喜欢它们，"有一次在划船出游的时候，他对乔伊说，"我搞不懂它们。"

"我想有些马还是非常不错的。"乔伊说道。

"可是它们太……太焦躁了……总是踢来踢去。"菲力克斯·盖辛先生坚持说道。

"确实,有些马是很焦躁。"乔伊回答。

有一回,旅馆里来了两位年轻的女士。这位年轻的菲力克斯·盖辛先生很快就跟她们混得很熟,他觉得其中一位女士非常漂亮,几乎忍不住要向她求婚。

一天坐船回来之后,菲力克斯·盖辛先生带女士们吃了些霜淇淋,在谈话的过程中,她们都表示对距离河边镇3英里之外的一个地方很感兴趣。

"我去过那里,那是个……很有趣的地方。"菲力克斯慢吞吞地说道。

"那我们一定要去看看,贝尔。"其中一位女士对自己的同伴说道。

"哦,我可不愿意走那么远。"贝尔一边说着,一边着迷地看着那个年轻人。

"你可以骑马过去。"菲力克斯想都没想接着说道。

"哦,是的,我喜欢骑马!"一位女孩说道。

"我也是!"另一位也说道。

"我可以帮你们找个交通工具。"菲力克斯回答。

由于平时总是穿着讲究,所以菲力克斯·盖辛先生并不太喜欢到旅馆隔壁的马房。尽管如此，他还是在第二天一大早的时候来到了马房，订了一匹马和一辆马车，并且让马夫在10点钟准备好。

需要说明的是，菲力克斯·盖辛先生并没有打算亲自驾驭马车。他想这些年轻的女士们可能会自己驾车，因为她们说过自己很喜欢驾驭马车。他真是不幸的人啊！

马车准时到了旅馆门前。

菲力克斯站在台阶上，虽然心里因为靠近马而紧张不已，表面上却还是一副恭谨的样子。他扶着女士们上了马车，然后把缰绳交给了贝尔小姐。

"你希望让我先帮你拿一会儿，等你上马车吗？"她甜甜地问道。

"等我上马车？"菲力克斯惊讶地叫道。

"当然！你以为我们要自己驾驭马车，是吗？您当然要跟我们一起去呀。"

可怜的菲力克斯·盖辛先生！他现在已经骑虎难下了。拒绝这样一位女士的要求需要很大的勇气，可是他恰恰就是缺少这一点。当他慢慢地挪到马车上的时候，他的双腿都在发抖了。站在不远处的乔伊看到了这一幕，脸上露出微笑。他明白菲力克斯·盖辛先生脑子里正在想什么。

"要是有人能够帮他一下的话，他一定愿意出10美元。"乔伊自言自语道。

牵马过来的孩子急切地望着菲力克斯·盖辛。

"马交给您了，先生。"他郑重地说道，"它年龄还小，有点狂野。"

"狂野？"菲力克斯·盖辛先生打了一个寒战，"我……我可不想驾驭一匹狂野的马。"

"哦，您只要注意着点就好了。"

"年轻，有些狂野！"菲力克斯自言自语地说，"哦，天啊！我到底该怎么办？我以前从来没驾驭过马。要是能不跌断脖子，就算是万幸了！要是有谁能帮我解围的话，我愿意给他1000美元。"

"我们还不动身吗，盖辛先生？"其中一位女士问道。

"哦，是的……当然！"他结结巴巴地说，"可……呃……如果你想来驾驭马车的话，你可以过来！"

"谢谢你，可是我还是想让你来驾驭马车。"

"您不会驾驭马车吗？"他问另一位女士。

"哦，不，今天我可不想。不过既然你这么说的话，我倒可以帮你挥挥鞭子。"她回答。

"不！"倒霉的菲力克斯叫道，"它已经很狂野了，要是用鞭子抽打的话，谁知道会发生什么事啊！"

马车终于上路了。乔伊若有所思地看着马车慢慢离去。

"如果我没猜错，他们这趟一定会出问题。"他想。

事实确实如此——正像我们很快就会看到的那样。

第 5 章

一次不幸的出游

幸运的是，马车还是平稳地离开了旅馆，他们很快来到了大路上——这条路一直通到他们想去的地方。

事实上，要是菲力克斯·盖辛先生能够让马车自己前进的话，一切都会很好。可是他觉得有必要交替拉动两根缰绳，于是马车就开始沿着曲线往前走。

"我觉得，盖辛先生，你好像不太会驾驭马车。"其中一位年轻女士立即说道。

"是的。"菲力克斯回答。

"为什么您不沿着马路右边走呢？"

"好的，呃，事实上，这匹马很难对付。我想我以前从来没碰到过这么难对付的马。"

由于这是菲力克斯·盖辛先生第一次亲自驾驭马车，所以他的这句话倒也是实情。

"哦，这太慢了！"其中一位女士叫道，她抓过鞭子，菲力克斯还没来得及阻止，她就一鞭抽到了马身上。

效果明显极了，这匹马开始像赛马一样沿着街道狂奔起来，好像是要赢得1000美元奖金那样。

菲力克斯·盖辛先生惊恐地紧紧抓住缰绳。在他看来，好像他的世界末日就要到来一样。

"哇！"他尖叫道，一边用力抓紧绳子，"停下，你这个疯狂的家伙！停下，你想把我们都弄死吗？"

可是这匹马却越跑越快。让菲力克斯感到更加惊恐的是，他居然看到一辆马车从对面过来。车上是镇上的一名律师，名叫希拉斯·西姆斯。

"我们会撞上那辆马车的！"美丽的贝尔尖叫道，"哦，菲力克斯·盖辛先生，小心点！"

很快，两辆马车撞在一起，一个车轮从马车上飞走，那位小镇律师一头栽在地上。拉着菲力克斯·盖辛先生和两位女士的马车则继续向前冲去，速度比之前更快了。

"让我出去！"一位女士尖叫道。

"不，你会被撞死的，格莱斯。"贝尔回答。

"那停下马车！"

天啊！可怜的菲力克斯已经尽力在停下马车了。他拼命地拉缰绳，结果反而让马车越跑越快。

就在离路边不远的地方，有一条中等宽度的小河，河上有一座木桥。当马车接近木桥的时候，菲力克斯拉错了缰绳。结果马车立刻偏转方向，一头栽进了河里。

"哦，我们会被淹死的！"格莱斯小姐惊叫起来。

可是她错了。小河很浅，她们根本不可能淹死。由于她们掉进水里的速度很快，所以溅起了很大的水花，结果马车上的菲力克斯和两位女士浑身湿透了。

让菲力克斯·盖辛先生感到高兴的是，跟水一接触，拉车的马反而冷静了下来，于是他又按照原来的速度继续前进了。

"太有意思了！"贝尔叫道，危险过去之后，她开始变得更加激动。

"多么高贵的动物啊！"

"好玩吗？"菲力克斯·盖辛先生嘟嚷道，"我可不觉得好玩。至于这匹高贵的畜生，我……我……希望它被吊死！它罪有应得。"菲力克斯痛苦地说道。

刚才的惊恐还没有彻底消散。要是能够按照他自己的意愿的话，他早就跳下马车，扔下女士们不管了。

可是一想到迷人的贝尔小姐，菲力克斯·盖辛先生只好坚持了下来，他决定，即使是死，也要死得像个烈士。

马车继续向前走，最后，他们来到了目的地。可是就在这个时候，新的问题又出现了。前面是一个高大的篱笆，还有一扇紧闭的大门。

由于门没有开，他们无法进入，所以菲力克斯·盖辛先生只好跳下马车。他没有把缰绳交给任何一位女士，而是把它系在路边的木桩上。

大门刚一打开，马就用力向前冲去，一下子撞到了路上的一根木桩。于是它又撞又拉，马车上的两位女士惊声尖叫："会死人啊！"

"哦，我的……哦，我的天啊！"菲力克斯喘息道，赶忙躲到了路边的一根树桩后面。"这畜生疯了！它会咬人的！"

女士们的尖叫声传到了不远处的几位男士的耳朵里，他们急忙跑过来帮忙。一个人抓住了马头，很快就让它安静了下来。

"我以后再也不要驾驭马车了！"菲力克斯·盖辛先生叫道，"给100万美元也不要！"

"我们怎么回家呢？"贝尔问道。

"我来帮你们驾驭马车吧！"一位男士说，"我熟悉这匹马。它以前是比尔·佩金斯家的。我知道怎么驾驭它。"

"好吧！"菲力克斯·盖辛先生回答，"我可以付给你2美元。"

那个人说到做到，让菲力克斯·盖辛先生感到惊讶的是，他竟然一路平安地把马车驾回了旅馆。有人把马牵回了马厩，菲力克斯付了钱，然后大家就分开了。

"我以后再也不驾驭马车了，再也不要了！"菲力克斯·盖辛先生自言自语道——他后来果然说到做到。

"我希望您今天玩得开心。"那天晚上碰到菲力克斯·盖辛先生的时候，乔伊对他说道。

"太糟糕了，你不知道吗？"菲力克斯回答，"那匹马简直太可怕了。"

"你们出发的时候，它看起来很温柔啊！"

"我觉得它是一匹疯马。"

"对了，菲力克斯·盖辛先生。希拉斯·西姆斯先生正在找您呢！"

"你是说那辆有着斑点白马马车上的律师？"

"是的。"

菲力克斯哼了一声。

"他说他想要您的赔偿。"

"是马撞到他，又不是我的错。"

"可是他对这件事很生气。"乔伊说道。

第二天一大早，菲力克斯·盖辛先生收到了律师的一封信。上面写道：

盖辛先生：

由于你昨天的莽撞驾驶，我被撞下了自己的马车，导致肩膀及其他各处有所损伤。我的马车也遭到了严重损害。如果你打算在大街上赛马的话，你显然要承担所有后果。保守估计，我所遭受的损失至少150美元。如果你能赔偿这笔损失的话，我可以到此为止。否则我将诉诸法律。

希拉斯·西姆斯

菲力克斯反复读了几次信，双腿明显地发抖起来。他可不想付这么多钱，可是他一想到自己可能因为超速驾驶而被抓，他就感到一阵恐慌。最后他只好去见希拉斯·西姆斯先生。

"我很抱歉。"他开始说道。

"你是来付钱的吗？"律师冷冷地问道。

"哦……呃……事实上……你不觉得要价太高了吗，西姆斯先生？"

"一点都不高，先生！你最少应该要赔偿我300美元！"

"给你50美元，我们扯平了！"

"不，先生，150美元！一分也不能少，少一分都不行！看看我的鼻子，先生……都磨破了！还有我的耳朵！150美元，一分都不能少！"律师一边说着，一边用手重重地拍了一下桌子。

"那好，我付给你钱，可是你一定要给我开张收据。"菲力克斯·盖辛先生回答。

他必须等到银行开门，兑现一张现金支票，然后才能把钱付给西姆斯先生。律师则起草了一份法律文件，声称免除菲力克斯·盖辛先生的所有责任。菲力克斯仔细阅读了这份文件，然后把它收进自己的口袋。

"现在让我给你一些建议吧，菲力克斯·盖辛先生。"交易完成后，律师对菲力克斯说，"以后不要再驾驭一匹像那样的疯马了。"

"这个你绝对可以放心，我以后再也不会了！"菲力克斯·盖辛先生回答。

　　"你熟悉马吗？"

　　"不熟悉。"

　　"那你以后最好离它们远一点。"

　　"我已经决定远离它们了。"

　　由于乔伊非常可靠，所以麦利森先生就让他负责旅馆所有的游船，于是乔伊在岸上的工作几乎就和在湖上时一样多。

　　在接下来的一个星期里，许多游客离开了，又有一些新的游客来到了旅馆。其中要走的就有菲力克斯·盖辛先生和那两位年轻的女士。菲力克斯·盖辛先生跟乔伊告别的时候非常真诚，因为他们之间已经很熟悉了。

　　"再见了，菲力克斯·盖辛先生。"乔伊说，"希望我们能够再见面。"

　　"虽然我每个夏天都会去不同的地方，可是说不定我们还会见面的。"

　　"好的，我也不会一辈子都待在河边镇。"

　　"我明白了，如果你要离开这里的话，我希望你一切都能够顺利。"菲力克斯·盖辛先生说道。

　　就在菲力克斯·盖辛先生离开的那一天，有个男人来到了旅馆，乔伊觉得他非常面熟。他穿着浅色的外套，戴着一顶皮帽子，手里拿着一个小提箱和一个大箱子。

"我以前见过他，不过，是在哪儿呢？"乔伊不止一次地问自己。

那个人用戴维·鲍尔的名字登记入住，地址写的是蒙大拿州巴特市。他说他是一名采矿专家，又说他生病了，医生建议他到东部休息一下。

"我听说河边镇是个不错的地方，"他说，"所以我就从匹兹堡赶过来了。"

"我们会尽量让您在这里过得开心的。"旅馆老板礼貌地说道。

"我只想要一间有阳光的房间，那样我就可以呼吸新鲜的空气，彻底放松一下。"这个旅客说道。

他愿意出高价，所以得到了旅馆里最好的房间，可以俯视整个湖面。他在餐厅里吃了饭，可是从此以后，他总是请人把餐点送到自己的房间。

"他病了吗？"在观察过这个人一天之后，乔伊问道。

"他看起来不太好。"安德鲁·麦利森回答。

"我觉得自己以前见过他，可是又想不出来到底是在什么地方。"乔伊接着说道。

"你一定是搞错了，乔伊。我问过他了，他说他虽然经常去圣路易士和芝加哥，可是还是第一次到东部来。"

第二天，那个人派人去找医生，于是加德纳医生就来了。

"我这里痛，"来自西部的这个人指着自己的胸部说，"你觉得我会有问题吗？"

这位河边镇的医生仔细替他检查了一下，然后说他可能扭伤了某个地方。

"我想也是，"对方马上回答，"我当时正在一个煤矿里，突然有一块大石头砸在我身上。我足足忍耐了10分钟，才有人跑过来救我，当时我以为自己死定了。"

"我给你开些药，再绑一条绷带，"医生说，"说不定你休息一下就会好转的。"

那天下午，乔伊有事去了旅馆一趟，经过新客人的房间。他看到那个人正站在窗户前面，盯着水面发呆。

"我敢肯定我以前见过他。"乔伊说，"真奇怪，我就是想不起来在哪里。"

加德纳医生正想过湖，于是乔伊就亲自送他过去。一边划船的时候，他一边问起了那位来自蒙大拿州的戴维·鲍尔先生的情况。

"他病得很严重吗，医生？"

"不，不严重。"医生回答，"他看起来跟你我一样的健康。"

"真奇怪，可是他一直待在房间里。"

"可能是意外发生的事情让他的神经变得紧张吧。他告诉我发生了一些意外。"

"他是个采矿工吗？"

"他是个矿主。麦利森先生是这样告诉我的，不过他以前从来没听说过这个人。"

第二天，这位陌生人收到了几封信和一封电报。然后他很快就又躺在床上。

"我感觉更糟糕了，"他按了服务铃，然后对前来的服务生说，"我想请你再去找医生。请他大约中午的时候过来。"

"好的，先生。"服务生回答道，然后立即派人去请加德纳医生过来。医生来了之后，他又给病人做了一些检查，然后开了一些药。

"我会按时吃药的。"躺在床上的戴维·鲍尔先生说道。

可是当医生离开之后，他悄悄地把半瓶药倒进洗脸盆，很快就冲得无影无踪了。

"可不能让人看见我喝这玩意儿，"他低声地自言自语道，"我更喜欢每天喝点好酒。"然后他又从自己的小箱子里拿出一个黑色的瓶子。

大约中午的时候，一辆马车停在旅馆门口，两个男人从马车上走了下来。其中一个带头走进了旅馆，要求见那位登记的旅客——戴维·鲍尔先生。

"我想见戴维·鲍尔先生。"他对服务生说道。

"戴维·鲍尔先生病了。"

"我听说了，所以才赶过来看他。"

"我可以先把您的名片递给他。"

"真不巧，我没带名片。告诉他安德森先生从费城赶过来看他，还带了一位朋友。"

消息很快被传到了病人的房间，戴维·鲍尔先生告诉服务生，他几分钟之后会来见两位客人。

"他说自己病得很厉害，所以不能谈太久。"服务生回来后说道。

"我们不会谈太久的。"那位声称是安德森的人说道。

在他们谈话的过程当中，乔伊碰巧就在旁边。他小心地看了看那位名叫安德森的男子。

"我也见过这个人！"他告诉自己。

"可是到底是在哪儿呢？他跟那个生病的戴维·鲍尔先生一样神秘。"

乔伊的好奇心一下子蹿升到了最高点，于是当这两个人走向戴维·鲍尔先生的房间时，他也跟着走到了门口。

"进来，"房间里有人说道，然后是一声深深的呻吟。床上躺着的那位来自蒙大拿州的男人，身上裹着几条毯子，脸上一副痛苦的表情。

"感觉很糟糕吗？"安德森走进房间，一边问道，"我真为你感到难过。"

"我想我要死了，"床上的人呻吟道，"医生说我的状况很糟糕。他建议我去欧洲旅行，或者是去其他地方也行。"

"这位是莫里斯·维恩先生，"安德森接着说，"我们不会耽误你太久时间的，戴维·鲍尔先生。"

"很抱歉打扰您，"莫里斯·维恩说道。他是一个看起来很和善的绅士。"或者我们可以再找时间谈也行。"

"哦，没关系，反正都一样。"床上的那位戴维·鲍尔先生又呻吟了一声，"而且，我必须承认，我现在很需要钱。要不是因为这个……"他又开始咳嗽了起来。"麻烦关上门。"他朝安德森先生说道。

门关上了，乔伊也无法听到房间里的谈话了。

说实话，乔伊现在也迷糊了，这是有原因的。他可以肯定床上的那个戴维·鲍尔先生是在假装，他根本没有生病。要是这样的话，他到底在玩什么把戏呢？

"这里面肯定有问题，"他推想道，"我希望我能够把这件事查个清楚。"

戴维·鲍尔先生隔壁的房间暂时没有人住，于是他悄悄溜了进去。房间里有一个壁橱，正对着隔壁的房间的那面墙也是个壁橱。两个壁橱之间则是用木板隔开。由于隔壁房间壁橱的门是开着的，所以只要把耳朵贴到木板上，就可以很清楚地听到房间里的交谈声。

"你有股票吗？"他听到莫里斯·维恩问道。

"是的，在我的箱子里。把那个箱子拿给我，我可以拿给你看。"床上的戴维·鲍尔先生回答，"哦，我实在太虚弱了！"他叹气道。

接下来是一阵安静，然后是纸张摩擦的声音。

"你的底价是多少？"莫里斯·维恩接着问道。

"3万美元。"

"我告诉莫里斯·维恩先生你或许可以考虑25000美元的价格。"那位叫安德森的人说道。

"它们至少应该可以卖到它们的面值……5万美元。"床上的人说道。

然后大家降低音调交谈了一阵，之后又是一阵纸张摩擦的声音。

"我明天带现金过来。"莫里斯·维恩说着，准备离开。

"与此同时，我希望您能为我保留这些股份。"

"我可以一直保留到中午。已经也有其他人报价了。"床上的戴维·鲍尔先生说道。

"我们会回来的，"那个叫安德森的男人说，"千万不要把它们卖给其他人。"

然后两位客人离开了房间，走到楼下。5分钟后，他们搭车朝着火车站方向离去。

"我以前从来没遇到过这样的事情，"看着他们离去的身影，乔伊自言自语道，"我希望自己能够弄清楚这到底是怎么回事。"

这天晚上，他碰巧有机会再到旅馆楼上。让他感到惊讶的是，他看到戴维·鲍尔先生坐在摇椅上，静静地抽着雪茄，一边看报纸。

"他已经不像早晨的时候病得那么严重了，"他沉思道，"事实上，我觉得他根本没病。"

他希望等到第二天，那两位陌生人回来的时候自己能够刚好在旁边，可是第二天正好在湖上有其他工作。他必须在几个地方停留，直到下午4点的时候才能回来。

在回来的路上，乔伊顺路上岸，回去看了看那间小屋。突然，好像有一种说不出来的感觉——也让他再度回到当初他跟奈德避雨的地方。那天以后，发生了多少事情啊！

当乔伊往其中一个房间里面看的时候，他想起了自己见到的那两个陌生人——他们那时也在谈论矿业股票。突然之间，就像晴朗的天空里突然响了个炸雷一样，他想通了一件事情。

"我明白了！我明白了！"他叫道，"戴维·鲍尔就是那个自称为派特·马隆的家伙，安德森就是盖夫·凯文！他们两个都是骗子！"

第 6 章

一次失败的追踪

乔伊越是想起这件事，越相信自己想得没错。他还记得自己在那次暴雨中偷听到他们谈话的大部分内容——虽然谈话的很多内容都已经被希拉姆·波德莱的逝世给冲淡了。

"如果他们是在策划一场阴谋的话，那莫里斯·维恩跟这件事有什么关系呢？"他自言自语道。

他想自己最好还是立刻回到旅馆，告诉麦利森先生自己的疑虑。碰巧的是，就在刚刚开始划船的时候，船桨架断了，所以他正好顺便回旅馆。

"麦利森先生在哪儿？"他向旅馆的店员问道。

"我想是在外面的马厩里。"对方回答道。

乔伊进入马厩，发现他正在检查刚刚卸下来的干草。

"我想跟您说件事情，麦利森先生。"他说，"这件事非常重要。"然后他让麦利森先生跟他一起走。

"什么事，乔伊？"

"是关于那些来看那位病人的人，还有那位病人。"

"他已经走了——他们全都走了。"

"什么！"乔伊叫道，"那位病人也走了？"

"是的。不过他没有跟另外两位一起走。他们在这里的时候，那个人还躺在床上，不过他们一离开，床上的那位就起来穿好衣服，然后坐马车离开了。"

"他去哪儿了呢？"

"我不知道。"

"您知道另外两个人怎么样了吗？"

"我不知道。怎么啦？有什么不对劲吗？"旅馆老板问道，脸上一副关切的神情。

"恐怕是有些不对劲。"乔伊回答道，然后他把事情从头到

尾说给老板听。

"这可有些奇怪，乔伊。你刚开始居然没有认出他们。"

"是有些奇怪，先生，我确实没有认出来。当我透过窗户向里面看的时候，我才突然想到的。"

"你敢肯定没看错吗？"

"没错，先生。"

"哦！"安德鲁·麦利森沉思了一会儿说，"我不知道我能做些什么。我们无法证明那两个人是骗子，对吧？"

"除非他们骗了这位莫里斯·维恩先生。"

"他们可能卖给了他一些毫无价值的矿业股票。这种伎俩已经很老套了。"

"我想我们应该先去找到这位戴维·鲍尔先生，或者是叫派特·马隆，或者也可能叫什么其他名字。"

"我愿意去做这件事情。"

经过一番打听之后，他们知道那位假装的病人已经坐马车前往一个名叫霍普戴尔的村庄去了。

"你觉得他为什么要去那里呢？"乔伊问道。

"我不知道，除非他想要从另一条线搭火车。"

然后他们要了一匹马和一辆马车，麦利森先生和乔伊立刻驱车赶到了霍普戴尔。当他们还没赶到村庄的时候，就听到一声火车的轰鸣声。

"那是下午的火车！"乔伊叫道，"说不定他正在赶这班火车呢！"

他们鞭打了一下马，立刻赶着马车快速奔到火车站。可是火车已经离开了，所以他们只能看到最后一节车厢消失在山里面。

"太晚了，麦利森先生！"站长叫道，"要是知道你要来的话，我或许能够让它多停一会儿。"

"我并不是要搭火车，杰克逊。都有哪些人上了车啊？"

"两位女士，一个男人和一个孩子——迪克·费德尔。"

"你认识那个男人吗？"

"不认识。"

"他都带了些什么？"

"一个装衣服的箱子。"

"他是否穿蓝黑色的西装，戴着皮帽子啊？"乔伊问道。

"是的，还穿着一件浅色的外套。"

"那就是我们要找的人。"

"他怎么了？"站长问道。

"可能是吧！"旅馆老板回答，"不管怎么说，我们想见到他。他买车票了吗？"

"是的，去斯纳格镇。"

"他去斯纳格镇做什么？"乔伊问道。

"哦，这可能只是个烟幕弹，乔伊。要是愿意的话，他可以很容易直接去费城或其他地方。"

刚开始的时候，他们想到要给前面的车站发封电报，请他们拦住那个人，可是他们很快就放弃了这个计划。他们没有明显的证据，而且也不想在没搞清楚问题之前惊动太多人。

"希望不会出什么问题。"在赶着马车回到河边镇的路上，安德鲁·麦利森说，"如果他是个骗子的话，我的旅馆显然会受到连累。"

"这也是我想请人留住那个家伙的原因。"乔伊回答。

第二天以及接下来的几天就这样静静地过去了，乔伊突然觉得可能是自己错了，做出了错误的判断。而且由于他总是非常忙碌，所以几乎很快就忘了这件事情。

在所有新来的客人当中，有一位名叫威尔佛斯·切斯纳特——一位总是喜欢大惊小怪的老人，旅馆的服务生给他取了个外号，叫"栗子"（英语中"切斯纳特"的发音和"栗子"的发音有些接近）。他是一个特别挑剔的客人，总是尽量让周围的每一个人都过得不舒服。

一天，威尔佛斯·切斯纳特先生请乔伊带他到湖上钓鱼。乔伊很高兴地答应了，从他们出去一直到回来，老人就一直不停地在挑毛病。他看什么都不顺眼，而且由于他几乎没钓到任何鱼，所以当他回到旅馆的时候，他变得极为生气。

"你们的船夫一点都不负责。"他告诉安德鲁·麦利森，"我今天过得一点都不开心。"然后他愤怒地跺着脚走进了自己的房间。

"这不是我的错，麦利森先生。"乔伊满脸通红地说，"我已经尽力了。"

"那个老人自从来到这里就一直在找麻烦，"旅馆老板回答，"等这个星期结束了，我就请他到别的地方去。"

乔伊那天从威尔佛斯·切斯纳特那里所受到的侮辱让他感到痛心，他决定，从今以后，他会尽量做到让客人满意。

这天傍晚，他遇到一位名叫哈里·罗斯的服务生，刚巧他也跟威尔佛斯·切斯纳特先生发生过争执，于是两人就讨论了起来。

"我们应该报复。"哈里·罗斯说，"我真想拿盆冰水泼在他身上。"

"我有个计划。"乔伊说道。

当时旅馆里住着一位医生，他每年会到河边镇两次，每次大约待上两个星期的时间。他会卖一些专利药品，还会在自己的房间里摆上几个人头骨，还有一个用线穿起来的人体骨骼。

"那位医生现在不在房间。"乔伊说，"我想我们是否可以把头骨和人体骨骼偷出来，放到威尔佛斯·切斯纳特先生的房间？"

"好极了！"服务生兴奋地叫道，"我们还可以在骨头上涂点黄磷，这样它夜里就会发光了。"

讨论完计划之后，两个人就把人体骨骼和头骨搬进了威尔佛斯·切斯纳特的房间。他们在骨头上涂抹黄磷，然后把它们挂在一条长线上，并穿过房门一直把长线拉到隔壁房间。

那天晚上，威尔佛斯·切斯纳特一直在旅馆的大厅里待到10点。然后他像平常一样满脸不高兴地走回自己的房间。熄灭灯以后，他就立刻躺到了床上。

灯刚刚熄灭，他们听到威尔佛斯要睡觉的声音，乔伊和服务生就开始呻吟起来，好像在预示着某种不祥的事情即将发生一般。他们一边呻吟，一边拉动连着人体骨骼和头骨的长线，让它们在威尔佛斯的房间跳动。

听到呻吟的声音，威尔佛斯·切斯纳特从床上坐了起来，仔细聆听。然后他在黑暗中往周围看了看。

"哈！那是什么？"当看到头骨的时候，他不禁吓出一身冷汗。"我是在做梦吗？……或者这……"

他开始从头到脚颤抖起来，就在他正前面，有一副人体骨骼正在诡异地上下跳动，浑身发着磷光。看得威尔佛斯·切斯纳特头皮发麻。他立即躲到被子底下。

"房间里有鬼！"他叫道，"以前有人遇到过这种事情吗？真是太可怕了！我该怎么办？"

呻吟声继续响起，他从被子里偷偷往外看了看。那副骨骼似乎靠得更近了。他痛苦地大叫起来："走开！走开！哦，我被鬼缠上了！真是太可怕了！我简直无法忍受！"

他几乎是爬下了床，抓起自己的衣服。然后随便往身上套了点东西，迅速地冲出了房间，像中了邪一样冲到走廊里。

"快走，否则我们会被抓住的！"乔伊小声说道，然后他跑到房间里，后面跟着哈里·罗斯。很快地，他们把头骨和人体骨骼拆了下来，送到医生的房间里。然后他们经由后面的楼梯跑到楼下。

整个旅馆的人都被惊醒了，麦利森先生很快来到现场。

"这是什么意思？"他严厉地问威尔佛斯·切斯纳特。

"意思是，先生，你的旅馆里闹鬼了。"威尔佛斯·切斯纳特回答道，这句话让旅馆里所有的人都大感惊骇。

"这家旅馆闹鬼了？"旅馆老板深深地吸了一口气，"先生，你错了。这种事情根本不可能发生的。"

"是真的。"威尔佛斯·切斯纳特先生坚持道，"我再也不

会在这里待下去了。"

"你为什么说这里闹鬼了？"

"我的房间里就有一只鬼。"

"哦！"一位刚刚赶来的少女尖叫道，"有鬼！我也不住这
里了！"

"什么样的鬼？"安德鲁·麦利森问道。

"呃……呃……一副骷髅，还有一些头骨！我亲眼看到
的。"威尔佛斯·切斯纳特接着说，"你自己去看看吧！"

"胡说八道。"旅馆老板说，"我去看看，我一定会让你相
信是你自己错了。"

他走在前面，五六个人跟着他，其中包括威尔佛斯·切斯纳
特，他走在最后。就在他们走到威尔佛斯房间门口的时候，乔伊
和哈里·罗斯跟了上来。

安德鲁·麦利森毫不犹豫地踢开房门，往里面看了看。当
然，他没有看到任何奇怪的地方。

"你的鬼在哪儿呢？"他问道，"我什么也没看见。"

"呃……你没看见……一副骷髅吗？"威尔佛斯·切斯纳特
问道。

"没有。"

威尔佛斯·切斯纳特一边颤抖着，一边走上前来，朝房间里

望了望。

"嗯？"旅馆老板停顿了一下，然后问道。

"我……我肯定看见它们了。"

"那它们现在在哪儿呢？"

"我……我不知道。"

这时房间里已经挤满了人。大家都四处打量，包括衣柜，并没有发现任何出奇的东西。

"你肯定是有幻觉了，先生。"旅馆老板冷冷地说道。

他不喜欢让任何有损于旅馆声誉的事情发生。

"没有，先生，我亲眼看到的。"

大家又花了几分钟时间讨论这件事情，然后陆续离开。

"我不再住这个房间了。"威尔佛斯·切斯纳特坚持道。

"你不需要再住这家旅馆了。"安德鲁·麦利森马上回答。

"你现在就可以离开。你已经毫无必要地惊醒了整个旅馆里所有的人。"

然后他又说了一些温和的话，最后这位大惊小怪的客人不得不连夜收拾自己的东西，另外找一家旅馆。

"我很高兴他终于走了。"威尔佛斯·切斯纳特离开之后，旅馆老板说，"他总是在找麻烦。"

"我们搞定他了，对吧？"哈里·罗斯对乔伊说道。

　　"我希望这件事能够给他一个教训，让他以后能够更体贴一些。"乔伊回答。

　　几天过去了，乔伊带了好几批人到湖上游览。夏季很快要过去了，乔伊开始考虑自己今后该做什么。

　　"我想，说不定我能在费城找点不错的事情做？"他问自己。到大城市去的想法深深地吸引了他。

　　一天下午，从湖上回来之后，乔伊发现安德鲁·麦利森正在跟莫里斯·维恩先生谈话，莫里斯·维恩先生是一个小时前刚刚来到旅馆的。这位城里来的先生显然又激动又失望。

　　"这就是那个孩子。"旅馆老板一边说着，一边把乔伊叫了过去。

　　"你好，年轻人，我想你知道真相。"莫里斯·维恩先生开门见山地说道。

　　"是关于那两个家伙吗？"乔伊马上问道。

　　"是的。"

　　"他们骗了你吗？"

　　"是的。"

　　"他们卖给了你一些一文不值的矿业股票？"

　　"是的，如果可以的话，我想请你告诉我关于那两个人的一切。"

"好的，"乔伊回答道，然后他就讲述了自己那次在木屋看到的情况以及之后发生的事情。莫里斯·维恩先生长叹了一口气，难过地摇了摇头。

"我肯定是被骗了，他们太狡猾了。"他说道。

"他们是怎么知道你的呢？"乔伊好奇地问道。

"我按照日报上的一则广告跟他们联系的，"莫里斯·维恩先生说，"然后这个叫盖夫·凯文，或者是任何其他名字的家伙就来找我，跟我说他有一个计划，可以赚大钱。我只需要做出一定数额的投资，几天之后我就可以获得15000—20000美元的纯收益。"

"这个建议倒真的不错。"乔伊笑着说道。

"因为觉得一切都非常安全，所以我就同意了这项计划。那个叫盖夫·凯文的家伙跟我说了一些细节。他说有人要卖一些矿业股票，而他认识一位矿主，因为生病，所以他愿意以合理的价格把自己手上的股票出售。我们可以从这位矿主手上买下股票，然后把它们卖给另一方……一位经纪人……当然，是以更高的价格。"

"这很简单。"安德鲁·麦利森说道。

"盖夫·凯文带我去见了那位自称是经纪人的家伙。他有一间非常体面的办公室，看起来很有钱。他告诉我们，要是能够很

快到手的话，他愿意以一定的价格从我们手上买一些矿业股票。他说有一位客人正在疯狂地收购矿业股票。我问了他很多问题，他看起来是个很诚实的家伙。他说有些人想买一座矿山，然后跟附近的另一座矿山合并起来。"

"所以你到这里买了派特·马隆的股票？"乔伊问道。

"是的，盖夫·凯文让我向他保证会分给他一半利润，我答应了。于是就像你知道的那样，我来到这里，派特·马隆，或者叫戴维·鲍尔，或者不管什么名字，假装病得很严重急需用钱的样子。他定了价格，然后我带着现金回来买下了矿业股票，按照约定，我本来会在第二天见到盖夫·凯文，假名叫安德森，然后我们一起去股票经纪人那里，可是盖夫·凯文没有出现。于是我就开始怀疑，自己去找那位股票经纪人。可是那个家伙也失踪了，整个办公室都关门了。之后，我又问了几位其他的经纪人，他们告诉我那支股票现在的情况很糟糕，1美元的股票现在价值不到5美分。"

"根本没有这座矿山吗？"乔伊问道。

"哦，是有这座矿山，不过两年前就已经被废弃了，当初有人在里面投资了1万美元，结果一无所获。他们觉得这座煤矿的回报太低，根本不值得考虑。"

"这真是太糟糕了。"乔伊说，"你找不到盖夫·凯文或派特·马隆的任何踪迹了吗？"

"是的，这两个混蛋都消失得无影无踪。我试图找到盖夫·凯文和他在费城的经纪人朋友，可是根本没用。他们很可能已经溜到几千英里之外的地方去了。"

"是的，说不定这位戴维·鲍尔，或者叫派特·马隆，现在正跟他们在一起呢！"安德鲁·麦利森先生说，"莫里斯·维恩先生，我真为你感到难过。"

"我也为自己感到难过，不过我活该，我太傻了。"莫里斯·维恩先生接着说道。

"你没有报警吗？"乔伊问道。

"哦，是的，我雇请了一名私家侦探，让他尽全力找出那两个混蛋的下落。可是恐怕也没什么用。"

"你可以重新开采那座煤矿啊，莫里斯·维恩先生！"

"谢谢你，可是我赔的钱已经够多了。"

"说不定那名侦探迟早会找到那两个骗子呢！"

"这种事情当然有可能，不过我不是很乐观。"

"恐怕你的钱是找不回来了。"安德鲁·麦利森说，"希望我能够帮助你，但是我也不知道该怎么帮你。"

谈话持续了一个多小时，三个人都去派特·马隆待过的房间看了看。自从派特·马隆离开之后，这个房间就一直空着。他们

并没有找到任何有价值的东西，于是就回到办公室。

"恐怕我也无法帮上你的忙了，莫里斯·维恩先生。"安德鲁·麦利森说道。

"希望我能够为你做些事情。"乔伊说道。莫里斯·维恩先生身上有些东西吸引住他。

"要是你听到任何有关这两个混蛋的消息，请马上通知我。"莫里斯·维恩先生接着说道。

"我会的。"乔伊回答。

谈话结束之后，莫里斯·维恩先生在旅馆里过了一夜，然后搭乘第二天一大早的火车离开。

第 7 章

前往城市

"乔伊，我们的夏季旅游季星期六结束。"

"我知道，麦利森先生。"乔伊回答。

"星期二我们就要关闭这家旅馆。夏季游客离开之后，我们的收入就会大大减少，所以还不如关门。"

"我知道。"

"你有没有想过打算做什么呢？"旅馆老板接着问道。这时

他正站在码头上看着乔伊清理其中一艘小船。

"我想去费城。"

"去旅游？"

"不，先生，我想去费城碰碰运气。"

"哦，我知道了。那是个大城市，我的孩子。"

"我知道，不过，我想我在那里可能要比在小镇上好一些……而且我也厌倦了整天在湖上的生活。"

"在费城赚的钱会比这里多，这是一定的，乔伊。不过你不一定会有机会。大城市里到处都是想发财的人。"

"我一定能找到一份工作，麦利森先生。哦，对了，当我离开的时候，您可以帮我写封推荐信吗？"

"当然。自从来到这里之后，你表现得很好。不过去费城之前，你最好还是好好考虑一下。"

"我已经想过好几遍了。我想我能在身上的钱花光之前找到工作。"

"你存了多少钱？"

"56美元，而且我想以4美元把这艘船卖掉。"

"哦，60美元并不是一个小数目。我认识很多人，他们在刚开始的时候身上的钱要比你少许多。当我离开家的时候，我身上只带了20美元，还有一个衣服的箱子。"

"您是从乡下来的吗？"

"不，我来自纽约。当时情况很艰难，我找不到任何事情可以做。于是我去了新泽西州的派特森，在那里的一家丝绸作坊工作。然后我从那里去了卡姆顿，然后又去了费城。我从费城来到这里，从此以后就一直住在这里。"

"您可发财了。"

"算是吧！虽然我没有城里那些开旅馆的赚得多，可是他们的风险也比我大。几年前，我在亚特兰大城的一位朋友开了一家大旅馆。他希望自己能够发点小财，结果由于没有选中合适的地点，到了最后，他发现自己居然赔了15000美元。现在他已经把旅馆出售，在这里往西50英里的地方开了一家乡村旅馆。他不指望赚很多钱，但他的生意要安全很多。"

"我想我还要过很久时间才能存够钱开一家旅馆。"乔伊笑着说道。

"你打算开旅馆吗？"

"我不知道。我想先多学点东西。"

"为什么现在不学呢？我看见你带着数学和历史课本。"

"是的，先生。我每天都会看一点。您看，我没上过几天学，可是我不想让自己长大以后什么都不懂。"

"这种想法是对的，孩子。"安德鲁·麦利森热情地回答。

"尽量多学一点吧！总会对你有些好处。"

两天以后，旅游季结束，最后的旅客已经离开，旅馆也要关门了。星期一的时候，大家整理了一下东西，星期二下午，这里的工作结束了，所有的员工都领到了工资。

与此同时，乔伊卖掉了自己的船。然后他带着所有的钱来到了奈德家里，看看奈德是否已经从西部回来了。

"昨天刚回来。"奈德出来迎接他，并且说，"旅行棒极了。我希望你也一起去。旅行比一直在家里待着好多了。"

"我正要去进行一次短程旅行呢，奈德。"

"你要去哪里？"

"去费城……想在城里碰碰运气。"

"你要离开麦利森先生吗？"

"是的，旅游季结束了。"

"哦，我知道了。所以你要去那座爸爸说的'教会城市'喽！祝你好运。一定要写信给我，乔伊，让我知道你过得怎么样。"

"我会的，你也要写信给我啊！"

"当然。"

第二天，乔伊划着船来到自己以前住的地方，看看小屋的旧址。他又用了一些时间来找那个蓝盒子，依然一无所获。

"我想我永远也找到那个盒子了，"他叹息道，"我最好打消这个念头。"

乔伊从安德鲁·麦利森那里得到了一封推荐信，还有一张费城地图。旅馆老板还送给他一个干净的箱子，他可以把自己的东西放在里面。

奈德·塔麦吉也来到车站给他送行。那天的天气凉爽，乔伊感觉好极了。

很快，一列火车开了过来，乔伊跟另外十几位乘客一起上了火车。他对奈德挥了挥手，奈德也对他大声喊"再见！"然后火车启动了，小镇很快消失在远处。

乔伊搭的这节车厢人不多，所以他很容易找到了一个靠近窗户的座位。把箱子放在脚边，然后开始望着窗外疾驰而过的风景。乔伊以前从来没在火车上待过这么久的时间，所以觉得长途旅行是一件很新奇的事情。外面的风景非常壮丽，列车在群山当中曲折前行，有时还会越过小溪、河流，还有一些整齐的农场。一路上停了很多站，就在快到费城的时候，车上开始变得非常拥挤。

"真是骑马的好天气。"一位坐在乔伊身边的人说道，他看起来像是一位有钱的农场主人。

"是的。"乔伊回答。

"我想，你是要去费城吧。"农场主人接着说道。

"是的，先生。"

"我也去那里。去办点事情。"

"我想去那里碰碰运气。"乔伊说道，他感觉眼前的这位老人是个可以信任的人。

"要去找份工作吗？"

"是的，先生。"

"我能问问你想做什么吗？"

"哦，我什么都愿意做。我一直在负责游船，曾经在坦迪湖边的一家夏季旅馆工作过。"

"哦，费城可没那么多游船可以照料！"农场主人笑道。

"我想是的。说不定我能在一家旅馆找份工作呢！"

"说不定。他们告诉我城里有些旅馆很可怕——有十到十二层楼高。我可不会去这种地方，失火的时候，要是你住在十二楼，火都会蹿到你身上的。"

"您是要住在费城吗？您是……"

"我的名字叫比恩……贾西亚·比恩，我来自黑顿中心，在那里有一个100公顷的农场。"

"哦，那么大！"

"你叫什么名字，年轻人？"

"我叫乔伊·波德莱。从河边镇来的。"

"很高兴认识你。"贾西亚·比恩跟乔伊握着手，说，"我不在费城停留，我去帮妻子处理些事情。一位亲戚给她留了些财产，我去处理一下。"

"那可真是一次愉快的旅行啊！"乔伊说道。

"当我手里拿着600美元的时候，我会感觉更好一些。可是我觉得这件事情没那么简单。"

"有什么问题吗？"

"在费城没有人认得我，他们告诉我需要有人来证明我的身份，所以我要在费城有熟人才行。"

"我明白了。说不定你会遇到某个朋友。"

"我也是这么想的。"

火车继续前进，乔伊从口袋里拿出地图，开始仔细研究起来，这样到达费城的时候，他就会对这座城市比较熟悉了。

"我想要喝点水。"贾西亚·比恩一边说着，一边向车厢尽头走去。一个坐在农场主人后面，长相很狡猾的男人立即站起身来，跟着他走到了车厢尽头。

这个人一直在注意听乔伊和农场主人之间的谈话。

他等到农场主人离开去喝水，然后微笑着赶了上去。

"我的天呢！"他叫道，"你好吗？"一边说着，他一边伸出了手。

"你好？"农场主人一边慢慢地握着手，一边说道。他感觉非常困惑，因为他根本记不得自己以前曾经见过这个人。

"农场上的事怎么样了？"陌生人继续问道。

"谢谢你，很好！"

"呃……我想你不记得我了，贾西亚·比恩先生。"看起来很狡猾的那个家伙接着说道。

"哦，我想我记得你的样子。"农场主人不好意思地回答道。他不想让自己看起来很没礼貌。

"你应该记得我。我前年在黑顿中心住过一段时间，我在那里卖机器。"

"哦，你卖的是专利收割机，是吗？"

"你想起来了。"

"我想起来了。你是戴维斯法官的外甥。"

"一点也没错。"

"当然！当然！可是我不记得你的名字了。"

"也是戴维斯……亨利·戴维斯。"

"哦，是的。很高兴见到你，亨利·戴维斯先生。"

"刚才我看你跟那个孩子坐在一起。"那个叫亨利·戴维斯的人接着说，"一开始我就觉得你很面熟，可是我也不大确定。跟我一样去费城吗？"

"是的，先生。"

"好极了。贾西亚·比恩先生，你不抽根烟吗？"

"谢谢，不过我……呃……我不常抽烟。"

"来根雪茄吧！对你没有害处，我敢肯定。我喜欢碰到老朋友。"亨利·戴维斯接着说道。

最后，农场主人被说服了，他跟着亨利·戴维斯一起走进吸烟车厢，那个看起来很狡猾的家伙在车厢的角落找到一个座位，坐在那里他们就不会受到打扰了。

"我可能会在费城待上一个多星期，亨利·戴维斯。"贾西亚·比恩先生说道。

"要是我能帮您什么忙，随时通知我好了。"

"哦，或许你可以帮我。你在城里认识很多人吗？"

"哦，是的，很多。有些是生意上的伙伴，还有一些上流社会的朋友。"

"是不是上流社会都没关系。我想在城里收600美元，所以需要有人证明我的身份。"

"哦，我很容易地做到这一点，贾西亚·比恩先生。"

"真的？"农场主人立刻产生了兴趣，"要是那样的话，你可真帮我大忙了。"

"你需要在哪里证明身份？"

"就在巴威尔·卡梅隆的办公室，在百老德大街上。你认识他们吗？"

"我可以找些认识他们的人，这样就不会有麻烦了。"

"这下我就不用担心了。"贾西亚·比恩松了一口气，"钱是给我妻子的。她写信给他们说我要来收钱，他们说没问题，只是我需要找到人来证明我的身份。就好像黑顿中心的人不知道我是贾西亚·比恩，是联合教堂的一位主要成员，是拉辛戴尔的杰吉·比恩的表兄一样。"

"哦，在城里，付出任何钱的时候都要非常仔细。这里有很多骗子。"

"我可不是骗子。"

"您肯定不是，我也不是。可是我从前也遇到过跟你一样的问题。"

"是吗？"

"是的。不过等到我证明了自己的身份之后，他们都感到非常惭愧。"亨利·戴维斯平静地说道。

于是两个人就这样聊了大约半个小时，这时农场主人跟那个看起来狡猾的家伙似乎已经成了好朋友。亨利·戴维斯问了农场主人很多问题，知道了很多关于他的资讯。

到达费城时，天已经黑了，从火车站里出来的时候，乔伊一时不知道该往哪里去。人群的噪音让他感觉有些迷惑了。

"要坐车吗，马车？"车夫招呼道。

"报纸！"报童叫道，"晚报！"

"代人搬行李！"一位跟乔伊差不多高的男孩大声叫道。

正在这个时候，乔伊看到贾西亚·比恩正跟着那个看起来很狡猾的人沿着大街往前走，乔伊于是跟着他们走了过去。

"他们一定是朋友。"乔伊自言自语道。

他想知道那两个人究竟要往哪里去，当他跟着这两个人穿过了几个街区之后，他的好奇心变得越来越强。最后，他们在一栋大楼前面停了下来，大楼门口挂着一块招牌：

强生教会旅馆

所有房间，价格优惠

"这家旅馆不错，价格也合适。"乔伊听到那个看起来很狡猾的家伙对农场主人说道。

"这对我很合适，"贾西亚·比恩说，"我今天晚上就在这里找个房间住下吧！"

"我想我也是的。"亨利·戴维斯说，"我可不想跑到费尔蒙特公园那边的公寓里了。"

两个人走进了旅馆，乔伊看到他们登记，然后跟着一位服务生沿着走廊走了过去。乔伊也走了进来。

"有房间吗？"他问一位柜台后面的店员。

"当然。"

对方把登记簿推到前面，乔伊写下自己的名字。然后他被带到了三楼的一个小房间里。整栋楼一共有四层。

乔伊很累，很快就上床了。这时候，他听到隔壁传来一阵窃窃私语的声音，原来是农场主人在跟他的朋友聊天呢。

"他们一定是很好的朋友！"乔伊想道，一边想着，一边进入了梦乡。

乔伊第二天一大早就醒了，他穿好衣服，走到楼下。他在旅馆隔壁的餐厅吃早餐，就在快要吃完的时候，突然那位农场主人和那个看起来很狡猾的家伙走了进来。

"早安！"贾西亚·比恩叫道，"你在这里做什么呢？"

"我在隔壁住宿。"乔伊说道。

"我们也在这儿住呢！这位是我的朋友，亨利·戴维斯先生。"

"早安。"亨利·戴维斯对乔伊打招呼。但他似乎不太喜欢遇到乔伊。

他们在旁边坐了下来，吃着早饭，农场主人问了乔伊很多问题。他不停地谈着自己的事情，直到亨利·戴维斯用手碰了碰他。

"我是不会告诉这个孩子那么多的！"他低声说道。

"哦，他没关系。"农场主人回答。

乔伊听到亨利·戴维斯的话，脸立刻红了起来。他悄悄地看了一下这个人的长相，他觉得亨利·戴维斯并不是自己想要交往的那种类型。

吃完饭之后，乔伊付了账，然后就离开了餐厅。由于他根本不知道自己该往哪里走，所以他决定先看看报纸，找找有什么合适的工作。

就在看报纸的时候，他看到贾西亚·比恩和他的朋友离开了旅馆，朝着百老德的方向走去。

过了一会儿，乔伊从自己正在看的报纸上选了几家正在招募员工的地址，然后他也离开了旅馆。

他去的第一个地方是一家花店，不过因为薪水太低，所以他拒绝了。

"每个星期3美元不够我生活的。"他说道。

"我们只能付这么多。"花店老板冷冷地说，"已经比其他店高了。"

"那我很可怜那些在其他花店工作的人。"乔伊说道，然后离开了花店。

第 **8** 章

贾西亚·比恩的遭遇

就在这个时候，贾西亚·比恩跟那个长相狡猾的家伙一起拐
进了百老德大街，来到了一个被称为"老鹰俱乐部"的地方。到
这里之后，亨利·戴维斯找到了里面的一个人。

"嘿，福克斯，你认识巴威尔·卡梅隆里面的人吗？"他压
低声音问道，农场主人根本听不到他们在说什么。

"是的……我认识一个叫切斯的。"

"那帮我介绍一下吧！"

"出什么事了？"

"没事，……要是成功的话，可以给你分成。"

"那我参加，比尔。"

"嘘……，我的名字叫亨利·戴维斯。"

"好的，亨利。"福克斯无所谓地说道。

然后他走了上来，被介绍给农场主人：

"这位是理查德·巴罗先生……来自巴罗斯莫尔公司。"

于是三个人一起朝巴威尔·卡梅隆公司走去，到了之后，亨利·戴维斯被介绍给一位工作人员。

福克斯刚一离开，长相狡猾的家伙就立刻转向工作人员，把农场主人叫了上来。

"这位是我的好朋友，黑顿中心的贾西亚·比恩先生。他要找卡梅隆先生有点事情。"

"我来这里收600美元，"贾西亚·比恩说，"关于这件事情，卡梅隆先生已经写了几封信给我。"

"好的，先生。请坐，我去告诉卡梅隆先生。"

两个人等了几分钟，然后被带进了一间私人办公室。这位名叫切斯的工作人员把亨利·戴维斯和贾西亚·比恩介绍给卡梅隆先生。所有的文件都没有问题，农场主人签了字，然后领到了一

张支票。

"可是我想要现金。"他要求道。

"是的。"卡梅隆先生说，"在支票上签个字，我可以请人到对面银行帮你取现金。"

农场主人再次写下了自己的名字，几分钟之后，他领到了12张崭新的50美金现钞。

"好极了！米兰蒂看到这个会很高兴的。"他一边看着钞票，一边说道。

"小心别丢了，贾西亚·比恩先生。"当两个人离开大楼的时候，亨利·戴维斯告诫道。

"我想我最好今天下午就回家。"走到大街上的时候，贾西亚·比恩说道。

"哦，既然来到城里，为何不到处看看呢？"长相狡猾的家伙说，"你可以坐明天的火车。我可以带你到处看看。"

这句话说得农场主人心动了，他同意待到第二天中午。然后亨利·戴维斯就带着农场主人到不同的景点参观，两个人变得越来越熟悉了。

当他们来到城里一座办公大楼顶楼的时候，亨利·戴维斯假装把钱包掉在地上。

"我多大意啊！"他叫道。

"里面有多少钱？"贾西亚·比恩问道。

"3000美元。"

"什么！这可是个大数目，你居然这么大意！"

"是的，我想最好你帮我拿着吧，贾西亚·比恩先生。"

"这不行！我只对我自己的钱负责——还有米兰蒂的。"

"最好你也看看你自己的钱是否安全。"

贾西亚拿出了自己的钱包，数了数里面的钞票。

"足够安全！"

"你确定？我想里面只有550美元了。"

"不，是600美元。"

"我敢打赌，我愿意赌10美元。"

"什么！难道我数错了。"农场主人不安地说，"告诉你，是600美元。"他又重新数了一遍，然后补充道。

"要是那样的话，我愿意给你10美元。"狡猾的家伙回答，"让我来数数。"

"好吧！给你，亨利·戴维斯先生。"

亨利·戴维斯接过钱包，假装数钞票。

"嘿，那是什么？"他猛然转过身子，大叫道。

"怎么了？"贾西亚·比恩问道，然后也往周围看了看。

"我好像听到有人在叫救火。"

"那我们赶紧离开这里吧！我不想看风景了。"

"好的，这是你的钱，我想是600美元。"长相狡猾的家伙回答道，然后把钱包递给了对方。

他们急忙走进电梯，然后挤进了人群里。

"等我一下，"当他们经过旁边的走廊的时候，亨利·戴维斯说，"我想去那个办公室跟朋友说件事情。"

他跑了过去，留下农场主人一个人。贾西亚·比恩先生焦急地往周围四处张望。

"我想应该没有失火。"他自言自语道，"还好，要是真失火的话，我应该可以很快从这里逃出去。"

办公大楼很大，横跨两条大街。大街后面有一家书店，书店老板登了广告，说是要招募一名店员。

乔伊申请了这份工作，这时正在书店外面等着店主的召见，这时他碰巧抬头看了看，突然看到亨利·戴维斯飞快地跑过去，好像很着急的样子。

"哦，就是那个家伙。"他自言自语道。

"我能为你做些什么吗，年轻人？"书店老板这时走上前来问道。

"我知道您需要一名店员。"乔伊回答。

"你在这行有经验吗？"

"没有，先生。"

"那可不行，我需要一个有经验的人。"

"我愿意学。"

"那也不行。我想要有经验的店员，否则干脆不要。"书店老板立刻回答，然后绕过柜台走了进来。

很快，他看到贾西亚·比恩先生也跑到大街上到处张望，好像在找什么东西似的。

"怎么了？"他问道。

"怎么了！"农场主人叫道，"我被人骗了！被抢了！被骗了！哦，米兰蒂该会怎么说啊！"

"谁抢你啦？"

"我想就是那个亨利·戴维斯先生！是他最后数的钱，现在钱不见了！"

"我刚才还看见亨利·戴维斯先生。"

"在哪儿？"

"就在拐角的地方，他跑得很快！"

"他拿了我的钱！哦，我一定要抓住他！"

"我来帮你吧！"乔伊热情地回答，"我觉得他看起来很狡猾。"他又说道。

他在前面带路，贾西亚·比恩走在后面。农场主人看起来随

时都好像要晕倒。一想到把妻子的钱弄丢，他就觉得可怕。

"米兰蒂永远不会原谅我的！"他嘟囔道，"我，孩子，我们一定要抓住那个混蛋！"

"要是我们能的话……"乔伊接着说道。

他刚才注意到了那个骗子走的方向，于是就带着农场主人跨过马路，拐到旁边的一条大街上，这条大街通往一座正在建造的大楼。

他从一位工人那里知道，那个骗子刚刚搭上一辆往南去的街车。于是他急忙拦住下一辆街车，然后跟农场主人一起上了车。

"这没什么用。"贾西亚·比恩先生颤抖着嘴唇说，"我们也不知道他到底去哪里了。"

"那我们试试运气吧！"乔伊说道。

他们坐在车上走了几个街区，然后车子停了下来，因为前面塞车了。

"我们最好下车，"乔伊说，"说不定他就在前面的某辆街车里。"

于是他们下了街车，开始步行，一路上经过十几辆街车。就在这个时候，乔伊突然大叫一声，好像打了胜仗一样。

"他在那里！"他一边说着，一边用手指着那个骗子，他这时正站在一辆街车的平台上，焦虑地盯着前方。

"嘿，你，把我的钱还给我！"

贾西亚·比恩先生大叫道，一下子冲到了亨利·戴维斯面前，一把抓住这个骗子的肩膀。

长相狡猾的家伙大吃一惊，因为他根本没想到这个乡下农场主人这么快就能赶上自己。他转过身来看了看这个乡下农场主人和乔伊，脸马上拉了下来。

"什么，……你说什么啊？"他结结巴巴地说道。

"你很清楚我在说什么，"贾西亚·比恩愤怒地说，"我想要回我的钱，一分都不能少……还要把你送进监狱！"

"先生，你认错人了吧！"骗子缓缓地说，"我根本不认识你，也不知道你的钱。"

"不，你知道。"

"把他拉下来。"乔伊说道。

"孩子，这跟你有什么关系？"骗子转过头来看着乔伊，愤怒地说道。

"或许是没有太大关系。"乔伊回答，"不过我想看到正义得到伸张。"

"我想要回我的钱，"农场主人固执地说，"下来。"

他用力抓紧骗子，把他拉到马路旁。此刻周围已经聚集了一群人旁观。

"发生什么事情了？"一位绅士问道。

"他抢了我的钱，就是这样。"农场主人回答，"他抢了我600美元！"

"600美元！"几个人叫道，围观的人开始对这件事情更加感兴趣了。

"这位先生一定是疯了。我以前从来没见过他。"骗子大声说道。

"这不是真的！"乔伊叫道，"他确实跟那位丢钱的先生在一起。我昨天就看到他们在一起了。"

"我是来自匹兹堡的一位体面的商人。"骗子接着说，"居然被人这样诬陷，真的太过分了。"

"最好有人去叫警察。"乔伊说道。

"我负责去叫。"一位卖报纸的小孩回答道，然后赶忙跑去叫警察了。

随着人群逐渐聚集起来，骗子发现自己很难脱身。他往周围看了看，突然看到有一个出口，于是急忙夺路而逃。

如果不是乔伊在场的话，他很可能就此逃脱。可是乔伊一直用鹰一样的眼睛注视着他，就在他即将逃跑的时候，乔伊闪电般地一把抓住了这个混蛋的外套袖子。

"不，你不能跑！"他叫道，"回来！"

　　"放手！"那个人说道，然后一拳打中乔伊的耳朵。可是乔伊没有松手，很快，贾西亚·比恩也跑过来抓住了他。

　　"哪儿也不能去！"贾西亚·比恩叫道，一把掐住了骗子的喉咙。

　　"放手！"对方快窒息地叫道，"别……别掐死我！"

　　当警察赶到的时候，骗子屈服了，他转过身去，满怀怨恨地看着贾西亚·比恩。

　　"这不公平。"他说，"这只是个玩笑。我并没有拿你的钱！"

　　"你拿了。"

　　"他说得对，贾西亚·比恩先生。"乔伊说，"我想那钱还在你的口袋里。"

　　农场主人人摸了摸自己的口袋，从里面拿出一个钱包。

　　"嘿！这不是我的！"他叫道。

　　他打开钱包，发现里面有12张50美元的钞票。

　　"这是我的钱，没错！它怎么会在我这里呢？"

　　"他刚刚把钱包放到你的口袋里了。"乔伊回答。

　　"我没有！"骗子愤怒地说道。

　　"就是你。"

　　"没错！"那位刚刚去喊警察的报童说，"我看见他一分钟

前把钱包放进去的。"

"这是阴谋！"骗子愤怒地叫道。

"那家伙是个坏蛋！"报童接着说，"他的名字叫比尔·巴斯。他是个骗子。"

一提到比尔·巴斯这个名字，警察立刻感到兴趣。

"你们跟我到警察局来。"他严厉地说，"我们把这件事情说清楚。"

"好的。"比尔·巴斯——这是他的真名字——说道。

几分钟之后，这群人，包括乔伊，一起往警察局走去。

"你最好仔细看好你的钱，贾西亚·比恩先生。"他们一边走着，乔伊一边说道。

"我把钱放在里面的口袋里了，很安全的。"贾西亚·比恩先生说道。

警察局就在几个街区之外，比尔·巴斯走在警察旁边，眼睛睁得大大的，好像在想办法逃跑。他以前曾经进去过几次，如果有可能逃跑的话，他可不想再被抓进去。

他的机会以一种出乎意料的方式来到。就在街道旁的一家展示橱窗里面，有一个男人正在展示一些新式的运动器材，一群人围在旁边看，所以警察必须推开行人才能往前走。

"嘿，别推我！"人群里面有个家伙叫了起来，他根本不知道自己面对的是一名执法者。

"让开！"警察严厉地命令道，然后那家伙只好闪开。

这正是比尔·巴斯想要的机会，突然之间，他像闪电一样混进了人群，很快就消失得无影无踪了。

"他跑了！"乔伊叫道。

"抓住他！"贾西亚·比恩说道。

两个人立刻去追骗子，警察也随即冲了上去。可是人群实在太拥挤了，5分钟之后，比尔·巴斯已经成功地逃跑了。

"你为什么让他跑掉？"农场主人愤怒地咆哮道。

"别跟我这么说话！"警察也叫了起来。

"您应该把这件事写个报告。"乔伊说道。

"再多嘴，我把你们都抓起来。"穿着制服的警察说道。

"跑了，"贾西亚·比恩小声说，"不管怎么说，情况没有那么糟糕。我拿回了我的钱。"

"我该走了。"乔伊说，"这个警察真是个布丁脑袋。"他大声地说道。

"我也会让你变成布丁脑袋的！"警察叫道，可是他并没有去碰乔伊。

然后贾西亚·比恩先生和乔伊并肩走开了，直到他们远离人群，身边没有其他人。

"我想再数一次钱。"农场主人说，于是他又数了一次，以确保所有的钱都在身边。

"我们很幸运能发现那个混蛋，贾西亚·比恩先生。"

"我没看到他，……是你。真的很感谢你。"

"哦，没关系。"

"你应该得到奖励的，乔伊。"农场主人接着说道。

"我不想要任何奖励。"

"你应当接受的。给你5美元，怎么样？"

"不用了，先生。我一分钱也不想要。"

"那跟我吃顿晚餐，怎么样？"农场主人失望地问道。

"我可以跟你一起吃饭，追这坏蛋追得我已经很累了。"

"要是你到我那里来的话，乔伊，你一定要来找我啊！"

"我会的，比恩先生。"

"我的农场上有很多好东西，乔伊。我会告诉我的妻子米兰蒂这次的经历，她会跟我一样感激你的。"

他们在不远的地方找到了一家很好的餐厅，于是两个人点了一些好菜，舒舒服服地吃了一餐。

"你找到工作了吗？"农场主人问道。

"还没有。碰到你的时候我正在找。"

"哦，我希望你能找到自己喜欢的工作，孩子。可是有时候在城市里找份工作并不容易。"

"我会尽力的。"

"我很想帮你找份工作，可是我在这里也没有熟人。"

"我接下来会尝试去旅馆找工作。有一位旅馆老板帮我写了一封很好的推荐信。"

"要是在费城找不到工作的话，你可以到我的农场来。包吃包住，住一整个冬天都没问题。"贾西亚·比恩慷慨地说道。

"谢谢你，比恩先生。你真好。"

"我说话算数。我们的生活不是很富裕，不过我们有足够的粮食。"

"我会记住你说过的话。"乔伊回答。

一个小时以后，他送乡下老人登上了回家的列车，然后就再次开始寻找工作了。

第 9 章

乔伊的新工作

那天一整个下午，乔伊都在不同的旅馆寻找工作机会。可是每一个地方，都给他相同的答案，就是现在不需要助手。

"这可真让人泄气，"那天晚上，当他回到旅馆的时候，他对自己说，"或许我还是到乡下或者是回河边镇。"

第二天早晨，他还是一大早就起床，开始认真地找工作。

他听说城里刚开了一家名叫格兰顿的旅馆，于是吃完早餐之后就直接朝那里走去。

走进大厅的时候，他听到有人叫自己的名字，回头一看，原来是安德鲁·麦利森先生。

"您好，麦利森先生。"乔伊一边跟麦利森先生握手，一边说，"没想到能在这儿碰到您。"

"我来费城有点特殊的事情。"旅馆老板说，"昨天晚上到的，我想今天下午就回去。你现在还没找到工作吗？"

"是的。"

"为什么不来这里试试呢？这是一家新开的旅馆，这里的老板说不定会需要助手。"

"这正是我来这里的原因。"

"我可以帮你说句好话。乔伊，来吧！"

安德鲁·麦利森带着乔伊来到了办公室，找到了一位身材壮硕、长相可亲的男人。

"亚瑟·安德鲁先生，这是我的一位小朋友，乔伊·波德莱。他今年夏天在我那儿工作了一段时间，专门负责照料游船和旅馆。现在夏季结束了，他想在城里找点事情做。如果你有空缺的话，我想向您推荐他。"

亚瑟·安德鲁先生仔细打量了一下乔伊。

这家新开的旅馆是一家一流的高级旅馆，他希望自己的员工

也是一流的。他喜欢乔伊的长相，而且也注意到乔伊的双手非常干净，鞋子也擦得很亮。

"我的员工基本上都找齐了，不过我可以用他。"他慢慢地说，"我现在的员工里面有一个似乎不太适合。这个人他太鲁莽了。"

"哦，乔伊一点都不鲁莽，他非常可靠。"安德鲁·麦利森先生回答。

"我可以让你试试。"

"谢谢您，先生。"

"工资要取决于你是在这里住，还是自己在外面住。"

"如果我在旅馆住的话，工资是多少？"

"每个星期4美元。"

"要是我在外面住呢？"

"每个星期9美元。"

"您能给这孩子一个好一些的房间吗？"安德鲁·麦利森问道，"我知道过段时间之后，您就会喜欢他的。"

"他可以跟另外一个男孩住在一个房间。就是那边那个孩子。"格兰顿旅馆的老板用手指着不远处的一个男孩说道。

乔伊顺着他指的方向看去，发现那个孩子看起来很温和，很讨人喜欢。

　　"我想我愿意待在这里。"他说，"不管怎么说，我想试试。"

　　"你什么时候可以来上班？"

　　"马上就可以！……哦，或者说我把箱子从我住的地方取过来之后。"

　　"那你在午餐之后过来吧！我会告诉你该做些什么，把你介绍给我的领班。佛兰克·兰道夫，过来一下！"

　　听到老板召唤，一名服务生马上走了过来。

　　"这是另外一个要在这里工作的孩子。"亚瑟·安德鲁先生说，"他跟你住同一个房间。"

　　"谢谢您，亚瑟·安德鲁先生。我很高兴能够跟杰克·萨格尔分开。"佛兰克·兰道夫说道。

　　"你叫什么名字？"他接着问乔伊。

　　"乔伊·波德莱。"

　　"我叫佛兰克·兰道夫。我想我们会相处得很好。"

　　"希望如此，佛兰克。"乔伊边跟对方握手边说道。

　　然后大家又稍微聊了一下，乔伊就离开了，他要回去拿自己的衣服和其他一些属于自己的东西。下午1点的时候，他回到格兰顿旅馆，刚好看到安德鲁·麦利森先生正要离开。

　　"非常感谢您，麦利森先生，感谢您为我做的一切。"乔伊

热切地说道。

"别客气，乔伊。"麦利森先生回答，"我很喜欢你，而且我相信你会在这里做得很出色的。"

"我会尽力的。"

安德鲁·麦利森先生离开之后，乔伊被带着参观了一下旅馆，了解了自己的工作内容。他偶尔需要完成一些服务生的工作，但他的主要工作是为办公室里的客人提供服务。

"我想你会喜欢这里的。"佛兰克·兰道夫说，"这是我曾经工作过的最好的旅馆。亚瑟·安德鲁先生也是个非常好的老板。"

"我很高兴听到这个，佛兰克。"乔伊回答。

被分配给两个孩子的房间是旅馆顶楼的一个小房间，但很干净，里面有两张小床，乔伊感觉这里很适合自己。佛兰克在墙上挂了几张图画，还放了半架书，使得这个房间看起来很有家的感觉。

"冬天的时候，我自己也买几本书。"乔伊说，"有时间的话，我也可以念书。"

"我也正在念书，乔伊。我没上过几天学。"佛兰克说。

"你没有亲人吗？"

"有啊！我爸爸还在。可是他病得很严重，跟我的一位叔叔住在一起，他叫卡姆顿。他不能做太多工作，所以我必须养活自己。你没有亲人吗？"

"没有。不过我想我爸爸应该还活着，但是我不知道他在哪里。"

第二天以及接下来的几天里，乔伊认真地开始工作。很多事情对他来说都很陌生，不过他下决心要尽快学会，这让亚瑟·安德鲁先生感到非常高兴。

"那孩子不错。"他对自己的出纳员说，"我很高兴安德鲁·麦利森把他推荐给我。"

"杰克·萨格尔对于自己被解雇这件事非常气愤。"出纳员说道。

"那只能怪他自己。我不可能雇用鲁莽的人。"

出纳员说得没错。杰克·萨格尔的确快要气疯了，他把自己被解雇完全归咎于乔伊。

"我会收拾那家伙的。"他对自己的一位朋友说，"他不能夺走我的工作之后一点都不受到惩罚。"

"你要怎么办，杰克？"那位同伴问道。

"我会收拾他的。"杰克·萨格尔回答。

杰克·萨格尔是个大块头，比乔伊高出几英寸，脸上长着雀斑，因为抽太多烟，嘴唇的颜色都变了。他是一个很强硬的家

伙，没有人想到他居然能在旅馆里找到一份工作。他家里的环境不错，不过在他看来，那里只是一个吃饭、睡觉的地方而已。

"乔伊，我听说杰克·萨格尔要对付你。"某个星期一的下午，佛兰克对着乔伊说道。

"我想可能是因为我取代了他的工作，是吗？"

"是的。"

"他准备怎么办？"

"我也不清楚，不过他会想办法找你麻烦的。"

"要是他攻击我，我会保护自己的。"乔伊回答。

那天下午，亚瑟·安德鲁先生派他出去办事，于是他来到了一个大部分都是批发商店的地区。当乔伊离开旅馆的时候，杰克·萨格尔看到了他。

"这不就是那个乡下小子吗？"杰克·萨格尔说道。

"现在是收拾他的时候了，杰克。"他的同伙尼克·萨梅尔说道。

"是的，尼克。来吧！"

"跟踪他吗？"

"是的，到了合适的地点之后……"

"揍他？"

"当然。我保证把他揍得连他妈妈都不认得他。"杰克·萨格尔吹牛道。

"说不定附近有警察呢，杰克。"

"这一点我会小心的，尼克，你也要小心。"杰克·萨格尔回答。

"你肯定能打败他吗？他看起来很强壮。"

"哈！我能打败他吗？我不是打败了山姆·诺兰和杰里·迪布林了吗？"

"是的，杰克。"

"只要让我找到机会。他可能会逃跑，但是他跑不掉的，你看着吧！我一定会给他来个黑眼圈，让他掉几颗门牙。"杰克·萨格尔说道。

在根本没有意识到自己被跟踪的情况下，乔伊来到了一家为格兰顿旅馆提供肉和禽类的批发商店。他感觉心情好极了，一边走着，一边轻快地吹着口哨。

到了这家商店后，他很快办完事，然后返回旅馆。

正当经过一家工厂门口的时候，他突然感觉有人拍了拍自己的肩膀，转过身之后，他发现自己正对着杰克·萨格尔、尼克·萨梅尔，还有其他几个人，他们都赶过来看自己的领袖"收拾"这个乡下小子。

"你想做什么？"乔伊大声问道。

"你知道我想做什么，乡巴佬！"杰克·萨格尔说道。

"我不知道！"

"你抢走了我的工作，我要你付出代价。"

"亚瑟·安德鲁先生绝对有权利解雇你，杰克·萨格尔。他说你太鲁莽了，不想把你留在旅馆里。"

"你敢教训我，你这个乡巴佬！你知道我会怎么做吗？"

"不知道。"

"我要你答应辞掉那份工作。你答应吗？"

"不答应。"

"你想打架吗？"杰克·萨格尔开始挽起自己的脏袖子。

"你觉得我不敢跟你打架吗？"乔伊尽量冷静地说道。

"不敢也不行，乡巴佬……否则就答应辞职。"

"我不会答应的。"

"那我就揍你！"

杰克·萨格尔一边说着，一边一拳朝乔伊的鼻子上打去。乔伊低头躲开，这一拳落空了。

"揍他，杰克！"

"给他点儿颜色看看！"

"走开，"乔伊说，"否则你会受到伤害的！"

"听见没有！杰克，揍他，快快有人来了！"

这使得杰克·萨格尔连忙再次出拳，这次的目标是乔伊的胸口。乔伊退了一步，用力一拳朝对方的腮帮子上打去，杰克·萨格尔踉跄地退后了几步，靠在一位朋友身上。

这让杰克·萨格尔感到大为惊讶。他本来以为"收拾"乔伊是一件很简单的事情，没想到对方居然会抵抗。他站直了身子，愚蠢地瞪着乔伊。

"你居然敢打我？"他叫道。

"你离我远一点，否则我还会再揍你的。"乔伊回答。

杰克·萨格尔顿了顿身子，然后一下子跳了上去，想要抓住乔伊的手臂。可是乔伊动作更快，再次躲了过去。然后他一拳挥出打中了这混蛋的耳朵，又一拳打中了他的左眼。

"啊哦！"杰克·萨格尔大叫一声，"别！哦我的眼睛好痛！"

"你揍够了吗？"乔伊问道，他已经开始有了怒气。

"快上，弟兄们！"杰克·萨格尔说，"把他扳倒！"

"你不是要一个人收拾他吗？"尼克·萨梅尔问道，他开始怀疑乔伊并不像当初设想的那么容易对付。

"我……我……我心脏不舒服。"杰克·萨格尔说，"突然发作的。要不是因为这样，我一个人就能把他打倒。"

"你骗人，你根本没有心脏病。"乔伊大声说，"你害怕

了。要是你想打架的话，站起来，我们好好较量较量。"

"别说我害怕。"杰克·萨格尔说道，不过他的声音已经没有当初那么强硬了。

"你是个胆小鬼，杰克·萨格尔。今后你最好离我越远越好。"

"你们还不动手！"杰克·萨格尔对他的同伙说道。

"第一个动手的人我会加倍奉还的，"乔伊严厉地说，"我不想打架，不过要是必须动手的话，我是不会犹豫的。"

有一两个孩子向前挪了挪，不过看到乔伊下定决心的样子，他们又退回去了。

"去揍他，杰克。"其中有个人说，"这是你的事情，不是我们的事。"

"你说过你会好好修理他一顿的。"另外一个说道。

"我不是说过，我得了心脏病吗？"杰克·萨格尔说，"只要一犯病，我就什么也不能做。等病好了，我就会好好地给他颜色看的。"

"你要是再敢碰我，杰克·萨格尔，我肯定会痛揍你一顿的。"乔伊大声说，"记住，我根本不怕你。所以你最好离我远一点。"

"哈！"

"我不想跟任何人吵架，但是我会坚持捍卫自己的权利，你最好记住这点。"

说完之后，乔伊退出了人群。有几个孩子想留住他，可是没人敢这么做。一离开人群，他就快步赶回旅馆。

"怎么样？"亚瑟·安德鲁先生问道。

"很好，先生。他们晚上就会把东西送来，没问题。"乔伊回答道。他犹豫了一下，然后说，"我刚才回来的路上碰到一些事情。"

"什么事？"

"杰克·萨格尔和其他的一些孩子跟踪我，想修理我。"

"你看起来好像并没有被修理啊！"亚瑟·安德鲁先生微笑着说道。

"杰克·萨格尔的下场比较糟糕。我想他以后不会再来惹我了。"

"你不是在旅馆附近打架的吧，乔伊？"

"是在去杰克逊贝尔商店的路上，亚瑟·安德鲁先生。我不得不保护自己。"

"那当然。杰克·萨格尔昨天来找我，想重新回来工作，被我拒绝了——我可不想把一个这么鲁莽的家伙留在这里。"

随着冬季的临近，旅馆里开始住满了人，乔伊也开始从早忙

到晚，佛兰克·兰道夫也是如此。两个孩子成了很好的朋友，星期天的时候，当旅馆的工作结束，他们会一起到礼拜日学校和教堂。

一天，乔伊在旅馆的走廊上遇见了胆小的菲力克斯·盖辛先生，就是那位驾马车出游，结果遇到很多麻烦的年轻人。

"你好吗，菲力克斯·盖辛先生？"乔伊礼貌地问道。

"什么！是乔伊！"年轻人微笑着大叫道，"你在这里工作吗？"

"是的，我现在在这家旅馆工作。"

"真的？你不喜欢河边镇吗？"

"喜欢，不过那个地方冬天的时候会停止营业。"

"哦，我明白了。"

"您住在这里吗，先生？"

"是的，一个小时前刚到，我在费城有点生意。"

"说不定您是在买马吧！"乔伊俏皮地说道。

"不！不！我可不想再碰马了。"菲力克斯·盖辛先生叫道，"我……呃……这是一件更为重要的事情。"

然后他们的谈话就结束了，菲力克斯·盖辛先生要乔伊第二天去找他。

"乔伊，你是个相当聪明的孩子，说不定我可以跟你说说这件事。"随便聊了几句之后，菲力克斯·盖辛先生说道。

"很乐意为您服务，菲力克斯·盖辛先生。"

"我有一个很微妙的问题需要解决。有时候一个年轻人有可能会给一些年龄稍微大一些的人提出不错的建议。"菲力克斯·盖辛先生接着说道。

"别夸我了，菲力克斯·盖辛先生。"

"我恋爱了。"年轻人直接说道。

"太好了，先生。"

"我可以肯定那位女士也爱我。"

"那我想您应该准备结婚了。"

"有个障碍。"

"哦！"

"我想我最好把整件事情都告诉你，……要是你愿意听的话。"菲力克斯·盖辛先生接着说道。

"我当然愿意。"乔伊说，"我已经请假了。"

然后菲力克斯·盖辛先生就把自己的恋爱经历详细讲述了一遍，关于这一点，我们将在下章详细谈到。

第 10 章

一次决斗

　　"她的名字叫克莱拉，是正规军托马斯·波兹·辛普森少校的女儿。"菲力克斯·盖辛说道。

　　"那她父亲是一名军人喽！"

　　"一点没错，问题就出在这里。"菲力克斯·盖辛嘟囔了一声。

　　"事情是这样的：当我去见辛普森少校的时候，他对我非常热情，直到他发现了我的真正目的。"

"'先生'，他对我说，'这件事情需要好好考虑。你得到我女儿的同意了吗？'"

"'是的。'我回答。"

"'这还好，'他说，'不过有件事需要问一下，你在部队里待过吗？'"

"'没有。'我回答。"

"'那你跟人决斗过吗？'他问道。"

"'没有。'然后我回答。"

"他告诉我，要我记住，他的女儿是一名军人的女儿，这名军人曾经经历过很多战斗。说完之后，他说他认为自己的女儿应该嫁给一个能够证明自己勇气的人。"

"然后你怎么做？"乔伊开始对这件事情产生了兴趣，于是问道。

"我能怎么办？我……呃……不是一名军人……也不是个斗士。很明显，这位少校想找个斗士来当自己的女婿。"菲力克斯·盖辛又嘟囔了一下。

"那你必须成为一名斗士。"乔伊说道。

"不！不！我……呃……我是一个平和的人！"菲力克斯·盖辛警觉地说道。

"菲力克斯·盖辛先生,我想我应该可以帮您安排这件事情。"乔伊突然想到了一个主意。

"什么意思,乔伊?"

"我是说我可以向辛普森少校证明你是个勇敢的人。"

"如果能做到这一点,乔伊,我会一辈子拿你当朋友。"菲力克斯·盖辛深呼一口气说道。

"你可以等到明天吗,菲力克斯·盖辛先生?"

"当然,不过你的时间千万不要太久。"

"你可能需要花点钱。"

"没关系,花100美元我也不在乎。"

"那我敢保证我能帮你解决这件事情。"乔伊回答。

当时旅馆里住着一个名叫乌尔默·蒙特格利的先生。他以前曾经当过拍卖商、图书代理商、学校老师以及旅行推销员。他现在则专门卖一些新奇的玩意儿。乔伊觉得,要是能够得到回报的话,他一定会很乐意帮助菲力克斯·盖辛先生。

于是乔伊跟这位先生说明这件事情。第二天早晨,乌尔默·蒙特格利先生跟菲力克斯·盖辛先生见了面。

"我想我能帮您,菲力克斯·盖辛先生。"这位卖新奇玩意儿的人说,"需要说明的是,这是一位看起来一本正经的先生。我以前在军队里待过。"

"你能做什么？"菲力克斯·盖辛先生满怀希望地问道。

"要是辛普森少校同意把女儿嫁给您的话，您愿意花50美元吗？"

"当然。"

"这也是乔伊的计划，于是您也应该付给他一些钱。"

"我可不想要钱。"乔伊说道。

"给你10美元——要是你的计划成功的话。不过我该怎么做呢？"菲力克斯·盖辛问道。

"我们明天一大早就去拜访辛普森先生。"乌尔默·蒙特格利先生说道。

"好的！"

"等我们到那里的时候，我们就当着他的面吵架。你就说我是个傻瓜，我会给你一耳光。然后你就要跟我决斗。"

"决斗！为什么，先生，我……呃……我根本不可能打中你，而且我也不想被打中。"

"亲爱的菲力克斯·盖辛先生，你不明白。别害怕，手枪里面只装药粉。"

"哦，我明白了！"菲力克斯·盖辛先生松了一口气。

"是的。你看，这只是一场假决斗，不会给你带来任何伤害，但却可以证明你是一个有荣誉、有勇气的男子汉。辛普森少

校的疑虑会全部消失，你也就可以娶到他的女儿了。"

"我同意，乌尔默·蒙特格利先生——这个计划好极了。是你想出来的还是乔伊？"

"是乔伊——不过要由我来负责执行。"无所不卖的乌尔默·蒙特格利说道，当然，他并没有忘记别人答应给他的50美元。

第二天，菲力克斯·盖辛先生和乌尔默·蒙特格利先生来到了辛普森少校家里，菲力克斯·盖辛先生向少校介绍说乌尔默·蒙特格利先生是从芝加哥来的专门收集珍奇物品的商人。

"他想看看您收藏的剑。"菲力克斯·盖辛先生说道。

"我很乐意带你看看。"少校显然感到有些得意。

"啊！这把剑是在荷兰打造的。"乌尔默·蒙特格利先生拿着一把剑说道。

"我不知道它是在哪里打造的，"少校说，"是波士顿的一位朋友送给我的。"

"这把是俄罗斯剑。"菲力克斯·盖辛先生说，"看剑柄就知道了。"

"是荷兰的。"乌尔默·蒙特格利先生坚持地说道。

"谁这么说，谁就是傻瓜。"菲力克斯·盖辛大声说道。

"哈！你说我是傻瓜吗，先生！"乌尔默·蒙特格利先生毫不退缩地咆哮道。

"先生们！"少校说，"我想……"

"我不是傻瓜，先生，我要让你知道！"乌默尔·蒙特格利说，"你居然敢这么叫我，真是太过分了！"说完，他往菲力克斯·盖辛先生的脸上轻轻打了一巴掌。

"先生们，请住手！"少校大声叫道，赶忙跑到两人中间，"不要在我家里动手！真丢人！"

"他必须向我道歉！"菲力克斯·盖辛先生咆哮道，他表演得非常逼真。

"不可能！"乌默尔·蒙特格利先生也叫道。

"要是你不道歉的话，我……我就要跟你决斗！"

"决斗！"

"是的。用手枪，十步之内。"菲力克斯·盖辛说道。

"好！好！"少校惊讶地说道。

"我能不决斗吗？"这位未来的女婿问道，"这关系到我的荣誉。"

"那就誓死捍卫你的荣誉吧！"这位军人说道，他有时候也跟其他人一样容易激动。

就在这时，少校的女儿出来了。

"哦，菲力克斯，这到底是什么意思啊？"她问道。

"我要跟……这个家伙决斗，用手枪，十步之内。"菲力克斯·盖辛坚定地回答。

"菲力克斯！"她吓出一身冷汗，"不行，你不能决斗。看在我的分上，不要！"

"克莱拉，"菲力克斯·盖辛看着她微笑着回答，"为了你，我可以放下个人的一切，我不能让人玷污我的荣誉。"

"说得好！"少校叫道，"菲力克斯表现得很好。我钦佩他的勇气，在这次决斗之后，我就允许他跟你结婚！"

"可是父亲，要是他被杀死了呢？"美丽的克莱拉结结巴巴地说道。

"别害怕，克莱拉。一切都会好的。"菲力克斯说道。

克莱拉又婉言劝说，可是菲力克斯假装固执，乌默尔·蒙特格利也不肯改变主意。于是两个人就开始准备进行决斗，少校坚持一定要亲眼看到整个过程。

事情进行得很顺利，这场决斗将安排在第二天上午10点举行，地点就在城外的某个乡下。乔伊也受到了邀请，同行的还有另外两个人，其中包括一名医生，他随时准备为两个人包扎伤口。

很快，两个人装好了子弹，当然，里面只有药粉。大家都很小心，以免让辛普森少校产生怀疑。

"辛普森少校，"菲力克斯·盖辛先生声音颤抖着说，"要是我……要是我发生了意外，请告诉克莱拉……我死得像个男子汉。"

"好孩子！我会的！我会的！"辛普森少校回答。

"先生们，我一发命令，你们就可以开枪！"其中一个人说道。

"好的。"两位决斗者回答。

"准备好了吗？一……二……三……开枪！"

两把手枪同时开火。

当硝烟散去，可以确定的是，决斗双方都没有受伤。

"先生们，你们都满意了吗？"有人问道。

"可以了。"乌默尔·蒙特格利先生马上回答。

"那我也满意了。"菲力克斯·盖辛说，"现在事情结束，乌默尔·蒙特格利先生，我们可以握手吗？"他又说道。

"很高兴，菲力克斯·盖辛先生！"对方回答，"坦白说，我很抱歉跟你吵架。关于那把剑，可能是我错了。"

"说不定是我错了呢！"

"你们两个都错了！"少校说，"我找到随剑一起寄过来的信。那是一把西班牙的古剑。这件事就这样结束吧！乌默尔·蒙特格利先生，请您也来参加克莱拉跟菲力克斯·盖辛的婚礼

吧！"

"非常感谢。"乌默尔·蒙特格利先生大声说道。

这个小计划就这样结束了。

"乔伊，你的计划好极了！"第二天的时候，菲力克斯·盖辛先生对乔伊说，"我一定得感谢你，这是20美元。"

"我一分钱也不要，菲力克斯·盖辛先生。"乔伊回答，"我这么做只是出于友谊。我希望你能顺利结婚。"

"哦，昨天晚上都决定好了。克莱拉和我下个星期结婚。我们今天就发请帖。你看……"菲力克斯·盖辛接着说，"我不想让辛普森少校有时间改变主意，或者是怀疑那场决斗可能会有问题。"

"他已经怀疑了吗？"

"没有。"

"那你最好尽快举行婚礼。"

"结婚之后，我会把这件事情告诉克莱拉，我想她会跟其他人一样高兴的。"

"好的，你最好告诫她在她父亲面前一定要保持沉默。辛普森少校看起来很容易冲动。"

"既然你不要钱，乔伊，那你能来参加婚礼吗？"

"我恐怕……，这种场合对我来说太高级了。"

"不，我们会举行一场简单的家庭式婚礼——克莱拉希望我们能有一个那样的婚礼。辛普森少校有一些乡下表兄，他们会来参加婚礼，都是一些很普通的人。"

"那我去吧！——要是辛普森小姐同意的话。"

于是大家说好乔伊将会参加婚礼，如此一来他就需要新的套装，于是他去买了一套，这样就可以在婚礼的时候穿了。

"你很幸运，乔伊。"听到这个消息之后，佛兰克说，"那套衣服你穿起来很合适。"

不知怎么回事，这个消息很快传了开来。孩子们都知道乔伊要去参加婚礼的事。就在婚礼的前两天，杰克·萨格尔也听说了这件事情。他立刻跟几个同伙商量了一下，大家一致同意婚礼结束之后跟踪乔伊，并在合适的时候修理他一下。

"这次一定要修理他。"杰克·萨格尔别有用心地说道。

婚礼的时间到了，乔伊搭了一辆街车来到辛普森少校的家里，并在那里被引见给其他客人。婚礼进行得很愉快，晚餐非常雅致，足以让参加婚礼的人回味很长一段时间。

将近11点的时候，乔伊往旅馆方向走去。他本来打算坐车，可是想了一会儿之后，他还是决定步行回去。

"走一走有好处——尤其是在大吃一顿之后。"他自言自语道，"要是搭车回去的话，我很可能晚上睡不着觉。"

在街道拐角，杰克·萨格尔一群人早在那里等着他。有人以吹口哨作了暗号，所有的人都四散开来，直到乔伊走过去。

走过几个街区之后，乔伊来到了一片工地前面。那里很暗，街灯在人行道上投下长长的模糊影子。

乔伊正要穿过大坑上的一段木桥，突然听到后面传来一阵脚步声。还没来得及回头，就被人猛然推了一把。

"把他推到坑里去！"杰克·萨格尔说道。

"住手！"乔伊大为惊骇，急忙叫道。可是根本没人注意他的话，只见他从桥上一头栽了下去，往下掉了十几英尺，摔到一堆土上，两腿掉进了一个脏水坑里。

"掉下去了！"他听到尼克·萨梅尔的声音从上面传来，"不知道摔成什么样子了？"

"你们这些卑鄙无耻的混蛋！"乔伊一边站起身来，一边骂道。他满身都沾满了泥土和脏水，再加上碰巧有霜，他的感受可想而知。

"你不敢爬出来了吧！"杰克·萨格尔说，"要是你敢爬上来的话，我会再把你推下去的，对吧，兄弟们？"

"当然！"杰克·萨格尔的同伙回应道。

"下次我们要让他头朝下的栽下去！"

慢慢适应了半黑的环境后，乔伊发现对方一共有七个人，都站在自己掉进来的这个大坑的旁边。其中有几个人手里还拿着粗粗的棍子。

"我想我必须撤退，"他盘算着，"我不可能同时打败他们七个人。"

他转到大坑的后面，慢慢走到最黑的阴影里。很快，他来到了正在建造的大楼旁边，爬到了通往一楼的几块木板上。

"他要逃跑！"他听到杰克·萨格尔大叫道。

"追上他！"人群中有一个人喊道。

"我们把他的新衣服和背心抢走吧！"又有一个人说道。

于是对方一群人开始跳进大坑里，追了上来。同时，乔伊正摸黑走到了一个脚手架旁边。

这时杰克·萨格尔正带着一群人追向那栋正在建造的大楼，来到脚手架附近的时候，他们突然停了下来。

乔伊看见他们，便赶紧弯腰躲开。

"那个乡巴佬去哪儿啦？"他听到人群中有人问道。

"他一定就在这附近！"杰克·萨格尔说，"我们一定要找到他，给他点颜色看看。"

"要是我小心一点的话，你根本打不到我。"乔伊心想。

乔伊伸出手，摸到身边一个用来和石灰的水罐，里面装了半罐脏水。水罐旁边还有一个水槽。

"以牙还牙！"他想道，于是赶紧以自己最快的速度打翻了水罐和水槽。

乔伊计算得准确极了，脏水像雨一样淋下去，直接淋到下面那些人的头上。所有人都被淋了个湿透，发出一声声惨叫。

"哦，天啊！我浑身都湿透了！"

"他把水倒在我们头上！"

"啊！可真冷啊！"

"谁叫你们把我推到坑里，活该！"乔伊大叫道，"今后你们最好离我远一点。"

"我眼睛里进石灰了。"杰克·萨格尔一边叫着，一边痛苦地跳来跳去。"哦，我的眼睛会被烧坏的。"

"我身上都湿透了！"尼克·萨梅尔打了个冷战。

"哦，太冷了，不是吗？"

等到下面没声音以后，乔伊赶忙从脚手架上爬下来，跳进这栋大楼的一扇窗户里。他从大楼的后面走了出来，走进一条小巷子。然后他又从小巷拐到了大路上。

"我必须快点，"他盘算道，"要是现在被发现的话，他们一定会把我弄个半死。"

"别让他跑了！"他听到杰克·萨格尔叫道，"抓住他！抓住他！"

"站住，你们这些小混蛋！"黑暗中传来一声呵斥，"你们在这里做什么？"值班人员手里提着灯笼，另一只手里拿着一根棍棒。

"我们什么也没做。"其中一个孩子说道。

"说不定你们就是前几天晚上偷木材的那些小偷呢！"说着，值班人员走得更近了。

"我们没碰木材！"杰克·萨格尔说道。

"我们正在追赶一个刚刚藏身在这里的家伙。"尼克·萨梅尔说道。

"故事编得可真像。我觉得你们就是一些小偷。"值班人员说，"每天晚上都有人想从这里偷木材、砖头，或者是一些其他东西。我今天就要杀鸡儆猴，把你们全都锁起来。"

"我们什么也没碰！"一个小孩子哭喊道，开始警觉地往后退。另外几个孩子马上跟着他一起往后退。

"你们碰倒了水桶，把所有的东西都搞得一团糟。你们还在那里大喊大叫。我要把你们全锁起来。"

值班人员猛地扑向孩子们，大家立刻向四面八方逃去。杰克·萨格尔肩膀上被打，结果痛了一个星期，尼克·萨梅尔也摔了一跤，鼻尖上磨掉了一层皮。

"哦，我的鼻子！"他呻吟道，"被磨破了！"

　　"快跑！"杰克·萨格尔叫道，"不然会被抓住的！"所有人开始全力逃跑，分散到各个角落。他们一直跑到六个街区之外，直到跑到回家的路上，才敢停下来。

　　"今天真倒霉啊！"杰克·萨格尔沮丧地说道。

　　"这都是你的错！"一个孩子大叫道，"我以后再也不跟你一起出来了。你答应的事情从来办不到。"

　　"哦，杰克是个大草包，他本来就是。"有个孩子说道，然后走开。很快地，孩子们一个接着一个走开了，只剩下杰克·萨格尔一个人悄悄溜回家，他心里越想越难过。

第 **11** 章

在旅馆的日子

　　"我想这些家伙应该已经得到了教训，相信他们短期内应该不会忘记的。"知道了乔伊那天晚上的经历之后，佛兰克对乔伊说道。

　　"我希望他们不会再来骚扰我，"乔伊回答，"要是他们不来惹我的话，我也不会去招惹他们。"

　　"那个杰克·萨格尔一直执迷不悟。"佛兰克说，"如果他

还不改过的话，那他迟早会进监狱的。"

佛兰克说得没错，不到一个星期之后，他们听到旅馆的另一名服务生说杰克·萨格尔因为从空屋里偷铅管而被逮捕。他以30美分的价格把铅管卖给一位收垃圾的人，然后他把这笔钱用来买了一张廉价戏票和一些香烟。结果他被送到教养院。这是乔伊最后一次听到关于他的消息。

由于冬天的关系，旅馆里始终住满人。乔伊也每天从早忙到晚，于是他就很少有时间念书。但是他工作非常认真，旅馆老板对他的表现非常满意。

"乔伊不错，"他对自己的出纳员说，"可以很放心地把任何工作交给他。"

"是的，而且他还很有绅士风度。"出纳员回答。

乌默尔·蒙特格利先生仍然住在这家旅馆。他现在在卖一些古玩，乔伊对他很感兴趣。乔伊有时候甚至会怀疑这家伙是不是一个骗子，只是他没办法证明这一点。

最后乌默尔·蒙特格利先生告诉乔伊，他要去很远的西部碰碰运气。这个人似乎很喜欢乔伊，就在离开旅馆的前一天晚上，他把乔伊叫到自己的房间。

"我想送给你几本书，"乌默尔·蒙特格利先生说，"或许你会喜欢。都是一些历史书。"

"谢谢您，乌默尔·蒙特格利先生。"

"我以前是个图书代理商，后来因为赚不到钱而转行。"

"于是你就留下了这些书？"

"是的。因为我工作的那家公司不肯把它们收回去，所以我不得不自己留着。"

"所以你改卖这些奇怪的东西了。"

听到这里，乌默尔·蒙特格利先生笑了笑。

"也不完全是，乔伊——我只是卖一些新鲜的玩意儿，或者是古玩。有时候日子很难过，我也像其他人那样，去找份工作糊口。"

"我还是不太明白。"

"我以前去过南方，因为那时候非常缺钱，所以就开始卖古玩。我当时特别需要钱，而且我……所以我就去工作赚钱，说不定你想听听我的故事。"

"是的。"

"我可不是什么模范人物，所以我也不想让你学我的样子。不过我当时确实缺钱，非常缺钱。于是我就想了很多办法，很快我就发现在离我大约五英里的地方有一个非常喜欢古玩的人。他非常有钱，是个单身汉，他把绝大部分的收入都用在收集珍奇物品上。"

"于是你就去找他？"乔伊越来越感兴趣。

"我决定好好利用他对古玩的热情。当时我也觉得自己的良心受到谴责，我知道自己不该欺骗这位先生，不过那时候我确实很缺钱，而且我也想不出别的办法来赚钱。"

"准备好了之后，我就动身去找勒兰德先生。我戴了一副墨镜，还穿了一套老式的衬衣，系了一条领带。"

"'我知道您喜欢收集古玩。'我对他说。"

"'是的，先生，'他说，'我确实收集了一些。'然后他看了看自己周围的收藏品，显得非常自豪。"

"'我身上也带了几件。'我接着说，'有两三件是特别值钱，我本来想自己收藏，可是我现在非常缺钱，所以还是不得不忍痛割爱。我希望能帮它们找到合适的买家，有人跟我说您是个出色的古玩家，比较识货，所以……'"

"'给我看看！快点！'老先生急切地叫道。"

"'我到过很多地方，'我接着说道，'我曾经在幼发拉底河的岸边徜徉，也曾经在尼罗河的急流中试足。我见过那些已经被毁灭的城池……'"

"'是的！给我看看您的收藏品吧！'他急切地叫道。"

"'这是我最值钱的收藏品之一，'我一边说着，一边打开一张纸，拿出一块核桃大小的盐块。'这是从洛兹（古希腊神话中的人物）妻子盐雕上掰下来的。'"

"'这可能吗？'老人一边叫道，一边接过了盐块，充满崇敬地看着。'你确定？'"

"'是的，'我回答，'这是一块圣物。是我亲手掰下来的。'"

"他买了吗？"乔伊惊讶地问道。

"买了，他给了我50美元现金。"

"可是这不公平，乌默尔·蒙特格利先生。"

古玩商人耸了耸肩膀。

"或许不公平。可是我当时情况艰难，必须这么做。"

"你还卖给他其他东西了吗？"

"是的，……还有一根拐杖，是我从康狄涅格买的。上面有很多奇怪的雕刻花纹，老先生认为那是象形文字，所以就用10美元买了下来。"

"我不明白您怎么会这么做，乌默尔·蒙特格利先生。"

"哦，当一个人实在走投无路时，很多事情都能做得出来的。总有一天，当我有钱的时候，我就会把这些钱还给那位老先生。"乌默尔·蒙特格利先生说道。

第二天早晨，他离开了旅馆，从此以后，有好几年时间乔伊都没有再见过他。

圣诞节来了，乔伊从朋友们那里收到了几件礼物，其中包括奈德·塔麦吉送来的一双袜子，还有菲力克斯·盖辛价值5美元的黄金物品。还有一些旅馆的常客也送给了他一些礼物。

"结婚的感觉怎么样？"乔伊问菲力克斯·盖辛先生。

"我们相处得很好。"菲力克斯·盖辛先生说道。

"您跟她说过那次决斗的事情了吗？"

"没有……我想还是不要说比较好，"菲力克斯·盖辛答道，"你知道，她……呃……她认为我是个很勇敢的人，所以……"

"所以你不想改变她的想法。"乔伊笑着说道。

"为什么要改变呢，乔伊？"

"哦，我也觉得你好像没有理由要去改变，不过人们经常说夫妻之间不应该相互隐瞒什么。"

"乌默尔·蒙特格利先生已经走了吧。"菲力克斯·盖辛先生改换话题。

"是的，先生。"

"你是唯一知道这个秘密的人。你不会说出去，对吧？"

"不会的，先生。"

"我们现在麻烦够多了。"菲力克斯·盖辛接着说，"我妻子和我都觉得管理家务是一件相当麻烦的事情。可是我们很难找到合适的佣人，而且她又不想自己做家事。"

"为什么你们不去找间公寓呢？"

"说不定我们会的，等以后吧！"

随着新年的到来，天上飘起了大雪，人们开始购买大大小小的雪橇。然后又下了一场雨，人行道上结了一层薄薄的冰。

"一定要小心点。"佛兰克告诉乔伊，"要不然你会摔个四脚朝天。"

"我会小心的，"乔伊回答，"我可不想摔断骨头。"

那天下午，乔伊被派出去到半英里以外的地方办事情。在回来的路上，他偶然在街道拐角停了一下，看到有几个孩子正在马路边滑冰。

正当他站在那里看的时候，一个男人走了过来，他背着一个大包裹，戴着一顶休闲帽和蓝眼镜。那个人走得很快，好像很着急的样子。

"那家伙看起来很熟悉。"乔伊想，"他是谁呢？"

他看到这个陌生人穿过了大街，一不小心踩到一块冰，立刻摔了个四脚朝天，他的帽子向一边飞去，身上背的包裹向另外一个方向飞去。

"哈！那位先生摔倒了！"旁边站着的一名报童叫道。

"来，我帮你！"另一个行人说道。

"你们这些混蛋，你们是故意让我摔倒的！"那个人一边站起身，一边叫道。

"我能帮您吗？"乔伊走上前问道，突然之间，他好像认出了那个人。

他就是来自蒙大拿的派特·马隆，化名叫戴维·鲍尔。

"您好，鲍尔先生？"乔伊冷冷地说道。

"什么？"派特·马隆惊讶地问道。认出乔伊之后，他的脸马上拉了下来。

"我一直想知道你现在怎么样了，"乔伊说，"来，我把你扶起来吧。"

"我……呃……你是谁？"派特·马隆站起身来，捡起自己的帽子和包裹问道。

"你应该记得我啊！我是乔伊·波德莱。我以前为麦利森先生工作，就在河边镇。"

"我不认识那个人，也不知道那个地方。"派特·马隆冷冷地说，"你认错人了。"

"或许我最好叫你派特·马隆先生。"

"不是。我的名字叫弗莱……约翰·弗莱。"

"你多久时间改一次名字呢，弗莱先生？"

"不许这么无礼！"

"我没有无礼，……我只是问一个简单的问题。"

"我从来不改名字。"

就在这个时候，乔伊看到马路对面有一位警察，于是他就把警察喊了过来。

"嘿！这到底是什么意思！"派特·马隆叫道。

"警官，我想请你把这个人抓起来。"乔伊一把抓住这混蛋的手臂，防止他逃跑。

"为什么？"穿蓝制服的警察问道。

"他是个诈骗犯，正在被通缉。"

"孩子，你真的疯了吗？"

"不，我没有。"

"你是谁？"警察严厉地看着乔伊问道。

"我的名字叫乔伊·波德莱。我目前在格兰顿旅馆工作。我要告这家伙，而且我会把那位受害者也带到这里。"

"这很公平。"警察说，"我想你们最好跟我一起去警察局。"

"好的。"乔伊马上说道。

"我……不能去……我妻子病了……我必须去找医生。"派特·马隆结结巴巴地说，"让我走。这孩子认错人了。"

"你必须跟我走。"

"可是，我那生病的妻子怎么办？"

"你可以找朋友，请他们照顾她。"

"我没有朋友……我们从来没来过费城。我不想去。"

派特·马隆正要接着说下去，警察和乔伊制止了他。最后只好跟着他们一起来到警察局。乔伊说出自己所知道的一切，警察在罗杰斯的档案记录里找到了派特·马隆的资料。

"你说对了，毫无疑问。"办案的警察对乔伊说，"你去哪里找这位莫里斯·维恩先生呢？"

"我有他的地址，"乔伊回答，"要是可以的话，我想回去拿，然后给莫里斯·维恩先生发封电报。"

"回去拿地址吧！我们会与他取得联系的。"

乔伊表示同意。半小时之内，他给莫里斯·维恩先生发了一封电报，告诉他派特·马隆已经被逮捕。莫里斯·维恩先生因为有事去了纽约，但是他第二天会回到费城。

明白自己被抓之后，派特·马隆彻底崩溃，他坦白交代了一切，详细讲述了自己诈骗莫里斯·维恩先生的整个过程。

"这不是我想出来的，"他说，"是盖夫·凯文弄到那些矿业股票，整件事情都是他安排的。"

"你们从哪里拿到这些股票——偷的吗？"莫里斯·维恩厉声问道。

"不，我们没偷。我们用50美元的价格从一位老矿工那里买来的。那位矿工现在已经死了。"

"你能证明吗？"

"是的。"

"那证明给我们看。"

"为什么？"

"我不想回答这问题。不过要是你能证明你和盖夫·凯文是诚实地得到这些股票的话，我就不起诉你，派特·马隆。"

"我可以证明！"对方马上回答道。就在那天下午，派特·马隆想办法证明了那些股票确实是属于自己跟盖夫·凯文的。

"这就是我想让你做的。"莫里斯·维恩先生说，"我不会起诉你，派特·马隆。"

"那些股票真的那么值钱吗？"骗子问道。

"或许是吧！我让人查过了。我很高兴能够有机会证明它们确实属于我。"

"要是盖夫·凯文和我卖给你的是一些真正值钱的股票的话，那我们可真够傻的。"派特·马隆嘟囔道。

"那是你们自己的决定，不是我。"莫里斯·维恩说，"而且我并不是说那些股票很值钱。只是有这种可能性罢了，要是那

样的话，我倒是对这笔交易很满意。"

"那我有什么好处呢？"

"一点好处也没有——你不配！"

"要是我没骗你的话，你就不能叫人把我关起来。"

"我没有叫人把你关起来。你现在就可以走。"

莫里斯·维恩先生向警察局解释了情况，于是当天晚上派特·马隆就被放走了。他威胁说要控告对方错误地拘押他，可是警察只是对着他笑了笑而已。

"最好试试，派特·马隆。"一位警察说，"记住，你的照片可是在我们的档案库里呢！"然后那个混蛋就很高兴地溜走了。第二天，他搭乘了一辆开往巴尔的摩的火车，然后又花了一个多小时的时间找到了盖夫·凯文。

"我们把事情搞糟了。"他愤愤地说："真是一团糟！"

"你到底在说什么啊，派特？"盖夫·凯文问道。

"你还记得我们卖给莫里斯·维恩的那些股票吗？"

"当然记得。"

"哦，他已经得到了那些股票。"

"是的，他可以留着。我们也得到钱了啊！"盖夫·凯文笑道。

"可是我还是想要那些股票？"

"嗯？"

"我说我宁愿要那些股票，盖夫。"

"你是说那些股票很值钱吗？"盖夫·凯文问道。

"是的。"

"谁告诉你的？"

"没有人告诉我，可是我能算出来。"

"好，解释一下吧！"

"在费城的时候，我遇到了那个旅馆服务生——乔伊·波德莱。"

"那又怎么样？"

"他叫人把我抓了起来。然后请来了莫里斯·维恩，他要我证明那些股票确实是我们的。我觉得要是能证明这一点的话，我就可以澄清这件事情，于是我就证明了。然后莫里斯·维恩说他不会起诉我，因为那些股票确实有可能很值钱。"

"可是那座矿山已经被废弃了。"

"说不定。我想莫里斯·维恩先生知道自己在做什么，我们居然把那些股票卖给他，可真是太傻了。"

"要是那座矿山真的那么值钱的话，我会把它要回来！"盖夫·凯文叫道，"他可以把自己的钱拿回去！"然后那混蛋开始一边踱着步，一边想着什么。

"说不定他已经不想拿回自己的钱了。"

"反正我要把矿山拿回来，派特……你一定要帮我。"

"你想做什么？"

"去蒙大拿，天气转晴就去，重新找到那座矿山。如果可以的话，我们找些人帮我们看看。我不会轻易地把这座矿山让给莫里斯·维恩的。"

"你说得容易，买火车票也需要钱啊！"派特·马隆接着说道。

"我有钱，派特。"

"你的钱够用来反击莫里斯·维恩吗？"

"我想是的。我上个星期碰到了一个有钱的家伙，我从他那里弄到了一笔4000美元的贷款。"

"不用担保吗？"派特·马隆眨了眨眼睛说道。

"不用。哦，他是个有钱人。"盖夫·凯文笑着回答。

"我愿意去任何地方，我不想待在这里。太热了，让人不舒服！"

"我们下星期动身吧！……我还有一些事需要处理。"

"好的。"

说完，两个人开始计划怎样让莫里斯·维恩让出属于自己的合法财产。

第 12 章

旅馆大火

警察局的事情结束之后的第二天，莫里斯·维恩先生来到格兰顿旅馆见到了乔伊。

"我一定要感谢你对这件事情的关注，乔伊。"他说，"不是每个孩子都像你这么愿意帮助别人。"

"我只是想看到正义得到伸张，莫里斯·维恩先生。"乔伊谦虚地回答。

　　"自从去年夏天见过你之后，事情突然发生了变化，"莫里斯·维恩先生接着说，"我想，我还是把整件事情的经过告诉你吧！"

　　"我很想听。"

　　"得到这些股票之后，我觉得自己被骗了，于是我就很想抓到这两个混蛋。可是随着时间一天天过去，我始终找不到他们，于是我决定仔细研究一下这件事情，看看是否能够拿回自己的钱，哪怕只是一部分也好。"

　　"我也会这样做。"

　　"我给西部的一位朋友写了封信，他帮我联络了一位采矿专家，然后这位专家开始研究这座矿山。秋天的时候，那位专家告诉我，他相信这座矿山是一座矿藏丰富的金矿。"

　　"然后您怎么做？"

　　"我想去西部，亲自了解这件事情，可是我的一位阿姨去世了，我必须先为她处理遗产，负责照顾她的两个孩子，所以就耽误了一下。然后就到了冬天，我想我必须等到开春以后才能去处理这件事情。"

　　"春天就去吗？"

　　"是的，而且要尽早。"

　　"我希望那是一座金矿，莫里斯·维恩先生。"

"我相信那位采矿专家的判断，因为人们都说他很少会判断失误。"

"要是这座矿山真的那么值钱的话，您就等于用很低的价格买了一座金矿。"

"是的，确实如此。"

"要是那些骗子知道这件事的话，他们不气疯才怪呢！"

"很有可能，我的孩子；可是只能怪他们自己。我是出于好意才买下这些股票的，可是他们卖给我股票的时候却居心不良。"

"现在一切都清楚了吗？"

"是的。"

"我希望那座金矿能够价值百万。"

"谢谢你，我的孩子。"

"要是我能有这样一座金矿，该有多好啊！"

"是吗？说不定会的。"

"不大可能。一个旅馆服务生不会有足够的钱去买座金矿的。"乔伊笑道。

"要是我找到一座值得开采的矿山，并且在那里开业的话，你愿意来帮我工作吗？"

"我非常愿意，莫里斯·维恩先生。"

"很好，我会记住的。"这位矿业股票的所有者说道。

"为什么不先把这座矿山剩下的股票都先买下来呢？"

"我会的，要是我能找到这些股票的话。"

"说不定那些持有股票的人也都会贱卖呢？"

"我会试着跟他们解释清楚的，公平交易才是正确的。我不喜欢暗箱操作。"莫里斯·维恩先生回答。

"您跟我认识的那些人确实不一样。"乔伊说道，然后他告诉莫里斯·维恩先生关于乌默尔·蒙特格利和他那些所谓的古玩的事情。

"那种人不会发大财的，乔伊。记住我的话。他只会一直到处游荡。"

"我记住了，先生。"

"从长远来看，诚实总是会带来回报的。骗子可能刚开始会赚到一些钱，不过他们迟早会暴露自己。"

莫里斯·维恩先生在旅馆里住了一个星期，然后动身前往芝加哥，等天气转好的时候，他将会从芝加哥直接前往蒙大拿。

几个星期过去了，一切都像平时一样。在这段时间里，乔伊再次见到了菲力克斯·盖辛先生。

"我们要搬到河边镇去了，"菲力克斯·盖辛先生说，"我在那里租了一间房子——就是那座老马丁的房子——要是你回到镇上来的话，记得一定要来看我们。"

"谢谢您，我会的。"乔伊回答。

"我的妻子很喜欢你，到河边镇的时候，你一定要到我们家来。"菲力克斯·盖辛先生接着说道。

正在这个时候，乔伊遇到了一件事情，这件事情比他想象的还要快。当时冬天快要过去，一天晚上，就在乔伊准备睡觉的时候，他突然闻到了一股烟味。于是他急忙跑出房间，看到空气中弥漫着烟雾。

"旅馆一定是失火了！"他想，"要是这样的话，我一定要通知老板。"

他一路跑到旅馆办公室，告诉老板和出纳员发生的事情。然后大家进行了仔细的检查，结果发现是洗衣房失火了。

"去叫醒所有客人！"亚瑟·安德鲁先生说道，然后乔伊就跑着去通知客人，其他的孩子也一样。很快地，所有客人都沿着大厅跑到了电梯和楼梯上。

这时候烟已经很浓了，很快，旅馆后面就开始起火了。旅馆通知了警察局，消防队员立刻来到了现场。

"所有客人都出来了吗？"一位警察问道。

"我想是的。"亚瑟·安德鲁先生说道。

"我再去看看。"乔伊说道，然后一头冲到了楼上。

他一个房间又一个房间地进行了检查，发现所有的房间都空了。这时旅馆的后面冒起了大火，消防引擎也已经启动，开始往楼里喷水。

在旅馆的三楼，乔伊碰到了一位有点奇怪的老太太。这位老太太的双脚有点不方便，走路有些困难。

"哦，乔伊，到底发生了什么事？"她叫道。

"旅馆失火了，戴利太太。来吧！让我扶您出去。"

"失火了！哦，我一定要去救我的金丝雀！"

于是老太太往自己的房间走去。

"您没时间了，戴利太太，跟我走吧！"

"我不能让我亲爱的迪克送死。"老太太坚定地回答。

乔伊看了看走廊，发现大火正在迅速向老太太的房间扑来。这时候走进房间可真的是太危险了。

"您不能回去，夫人。"他说，"跟我走！"

"我的鸟！我的迪克！"戴利太太叫道，虽然走廊上已经烟雾弥漫了，可是她还是想跑，或者说跌跌撞撞地走向自己的房间。

"您一定得跟我走！"乔伊叫道，一把把她拉了回来。她又想用力挣扎，却突然晕倒在乔伊的怀里。

老太太有点重，可是乔伊并没有放弃她。他半拖半拉地把已经昏迷的老太太拉到了距离最近的楼梯上，差点没跌坐到地上。

二楼的烟太浓了，他几乎什么也看不见。但是乔伊没有停下来，又下了一层，一直到了办公室。这时他基本上已经无法呼吸，眼泪一直流了下来。

"喂，孩子！"一位消防队员从浓烟里钻了出来，大声叫道。

"最好马上离开这里！"

"帮我扶这位老太太！"乔伊回答。

"老太太！哦，是的！"很快，消防队员把戴利太太放在肩膀上，扛了出去。乔伊紧紧跟在后面。老太太被送到附近的一家药店，很快醒了过来。

由于消防队员行动迅速，整个旅馆只有小一部分被烧毁。可是整栋大楼却像发生水灾，所有的房客都不得不搬出去，旅馆也因此歇业了。

"失业了。"乔伊沮丧地想，"接下来该怎么办呢？"

这个问题并不好回答。他四处寻找工作，但却没有找到，最后他决定回河边镇看看。

"我可以去探望一下菲力克斯·盖辛先生，还有奈德。"他想：我知道他们会很高兴见到我。说不定麦利森先生夏天时还需要人手呢！我想他还会继续经营游船业务的。

"你要离开费城吗？"佛兰克说，"你还会回来吗，乔伊？"

"我也不知道，佛兰克。"

"祝你好运！"

"你也一样。"

"要是你今年夏天为麦利森先生的旅馆工作的话，说不定你也可以帮我找到一份工作。"

"我会记得的！"乔伊回答。

他很快就准备好了，然后搭乘了一辆开往河边镇的火车。让他意想不到的是，前方正有一个巨大的惊喜在等待着他。

乔伊拜访菲力克斯·盖辛先生的家，并受到邀请在那里住了几天之后，乔伊来到了奈德·塔麦吉家里。

奈德很高兴见到乔伊，跟他谈起自己后来又去了一次西部的经历。

"棒极了。"奈德说，"我希望你也一起来。"

"你喜欢西部吗，奈德？"

"确实如此——比东部好些。"

"说不定有一天我也会去西部的。"乔伊接着告诉奈德有关于莫里斯·维恩先生跟他说过的事情。

"在西部的时候，我也见过一些矿山。"奈德接着说，"我曾经下到过一座矿山的底部，在地下那么深的地方，我只觉得浑身发抖。"

"我想矿工们应该都已经习惯了。"

"要是那座矿山真的那么值钱的话，那些骗子可真够可笑的。"奈德停了一下，然后接着说道。

"因为那是莫里斯·维恩先生的矿山，所以我希望它能够值钱一些。"

"现在你工作的旅馆被烧掉了，你准备怎么办？"

"我还没想好，奈德。或许我还会回到这里为麦利森先生工作呢。"

"那我们夏天就又可以在一起了。这对我很合适。"

两个孩子在一起聊得很开心。最后乔伊告诉奈德，说他准备去自己以前住的地方看看。奈德立即表示愿意跟他一起去。

"可是，我想那里也找不到什么东西了。"他又说道。

湖上还有一些冰，但他们却毫不费力地划着船到了湖的另一边，来到了乔伊以前住过的小屋。

这里的状况看起来并不很吸引人，一看到这个地方，乔伊就感到心情有些沉重。

"乔伊，你没有听说过任何有关那个蓝盒子的事情，对吗？"俩人沉默了几分钟之后，奈德问道。

"没有。"

"它应该就在离这里不远的地方。"

"已经不见了，这里只有这些东西。"乔伊长叹一声道。

两人在小屋附近走了半个小时，然后在一段中空的木头上坐了下来，吃起了他们带来的午餐。

"我们在这里生堆火吧！"奈德说，"它可以让我们保持温暖。"

于是两个人很快就收集了一些树叶和树枝，并且在上面架上一些粗大的树枝，开始生起火来。然后他们一边吃午餐，一边烤火取暖。

"这块木头可真是小动物们藏身的好地方。"奈德说，"里面会有东西吗？"

"不大可能，奈德。要是里面有任何活的东西，烟雾早就把它们赶出来了。"

"我去拿根棍子，往里面捅捅看。"

于是两个人找来了棍子，开始捅这段中空的木头。很快，他们感觉里面好像有什么东西在动，终于，一条半睡半醒的蛇爬了出来。

"这就是你的东西，奈德！"乔伊笑着叫道。

"哦，一条蛇！把它弄走！"奈德吓坏了。

"它不会伤害你的——它都已经被冻僵了。"乔伊一边说着，一边用一块石头把蛇赶走了。

"你猜里面还会有其他东西吗？"奈德还是不太敢走上前来。

"很有可能。我再用棍子试试看。"

"小心！"

"我不害怕。"

乔伊的棍子碰到了一件东西，然后他开始扒开里面的树叶。他扒出了很多树叶，可是里面再也没有任何蛇爬出来。

"我想里面可能只有一条蛇，奈德。"

"那木头着火了！"奈德立即叫道，"看，冒烟了。"

"我的棍子被卡住了。"乔伊一边说着，一边用力拉着什么东西，"我想……哦，我敢说！"

他用力拉了一下，从里面拉出了一个方形的物体，上面盖着冒烟的尘土和一些树叶。

"这是什么？"

"要是我没猜错的话，这是一个锡盒子。"

"哦，乔伊，是那个蓝盒子吗？"

乔伊并没有回答，因为他正在忙着把冒烟的树叶和泥土从盒子上拍掉。这时他突然看到了一些蓝色的油漆。盒子的一端已经

被烧坏了。

"这就是那个蓝盒子，可以肯定。"乔伊说道。

"我们差点儿就把它给烧了！"奈德叫道，"乔伊，真是对不起。"

"这又不是你的错，奈德。我也应当受到惩罚。谁会想到蓝盒子藏在那里呢？"

"说不定是某些野生动物把它拖到里面去的呢！"

"可能是吧！"

这时乔伊已经把盒子上的泥土擦干净了。烧掉的那端仍然很烫，而且还在冒着烟。他想把盒子打开，结果发现盒子是被锁着的。

"在我打开它之前，里面的东西很可能会被烧掉的！"乔伊叫道。

他不知道该怎么办，情急之下，他只好用棍子和小刀试着去撬开盒盖。终于，盒子被打开了，从里面散落出一些被烧掉一半的文件。

两个人清点盒子的内容，发现除了文件，里面还有一个小皮袋。乔伊打开皮袋，发现里面有100美元金币。

"这可真不错。"奈德说，"不管怎么说，至少你现在多了100美元。"

乔伊开始翻开那些已经被烧掉一半的文件，却一点也不知道这些究竟是什么文件。他看到上面写着自己和一位叫威廉姆·波德莱的名字，里面还提到了一处在依俄华州的不动产的事情。

"有什么发现吗，乔伊？"

"我也不知道，奈德。这些文件都已经被烧坏了。"

"让我看看。"

乔伊立即把文件交给奈德看，于是两个人用了一个小时来解读文件上的内容。

"这肯定是个谜，"奈德感到很有兴趣地说，"为什么不让我爸爸看看呢？"

乔伊同意了，他把文件小心地包好，并把100美元金币放在口袋。乔伊和奈德回到小船上。因为蓝盒子已经生锈而且毫无价值，所以他们就把它扔在原处。

那天晚上，奈德的父亲、奈德还有乔伊三人，用了两个小时来解读这些文件，并尽量把所有已经被烧坏或腐烂的部分拼凑起来。最后他们也只取得了部分的成功。

"关于这件事情，我不想多说，乔伊。"奈德的父亲说，"从这些文件上来看，你好像是一位名叫威廉姆·波德莱先生的儿子，他以前曾经在依俄华州米尔维尔镇拥有一处农场。你以前听希拉姆·波德莱说过这件事吗？"

“从来没有。”

“也许我们可以写封信给米尔维尔当局，看看他们知不知道这些事的来龙去脉？”

“我可以请您写吗？我想他们对您可能比对一个孩子要更加重视的。”

“我马上就写。”

“爸爸，乔伊可不可以待在这里，直到他们回信？”奈德说道。

“乔伊可以住下来，我很欢迎。”奈德的父亲回答。

信第二天就被寄了出去，乔伊焦急地等待回信。五天之后，回信来了，内容如下：

　　您的来信已收到。12年前，镇上曾经有一位威廉姆·波德莱先生，他把自己的农场卖给了一位名叫奥古斯都·葛列格斯的先生，然后就消失了。在卖掉农场之前，他的妻子和几个孩子都因病去世了。没有人知道他现在的情况。

乔瑟夫·考恩

“非常简洁，直中要点。”奈德的父亲说，“但却并不令人满意。他并没有告诉我们威廉姆·波德莱先生是否还有其他亲戚。"

"我想当局并不想为这件事花太多精力。"乔伊说道。

"你为什么不到米尔维尔去一趟呢，乔伊？"奈德问道。

"我正想去一趟。花不了多少钱的，而且除了积蓄之外，我现在还有100美元金币。"

"你或许能够得到一些对你有用的资讯，"奈德的父亲说，"我想这笔钱值得花。"

"爸爸，我能不能跟乔伊一起去？"奈德问道。

"不行，奈德，你还要上学。"

"那么，乔伊，你一定要写信给我，告诉我你的详细经历。"奈德说道。

"当然，我会的，奈德。"乔伊回答。

一切很快就安排好了，乔伊将在星期一离开河边镇，奈德会到车站为他送行。

"祝你好运，乔伊！"当火车离开月台的时候，奈德大声喊道，"你会是全世界最幸运的人！"

第 **13** 章

乔伊来到芝加哥

乔伊发现米尔维尔是一座毫无生气的小镇，镇上只有三四百位居民。有一条大街，两个主要的商店，一家铁匠铺，一家乳品商店，还有两座教堂。

一踏出火车，乔伊立刻就被月台上的搬运工注意到了。

"我能为您做些什么吗？"其中一位马车夫问道。

"您能告诉我乔瑟夫·考恩先生住哪里吗？"

"他就住在那边的那栋棕色房子里。不过他现在不在家，他在外面从事木匠工作。"

"你能告诉我，他在哪里工作吗？"

"就在咸多费罗那里。给我10美分，我把你带到那里。"

"很好！"乔伊跳上那辆名叫米尔维尔镇剧院的马车。

路程并不是很远，他们很快地就在一栋房子的前面停了下来，一位穿着木匠围裙的男人正在那里修理门廊。

"那就是乔瑟夫。"车夫简洁地说道。

当乔伊走近他的时候，那人抬头惊讶地看着乔伊。他放下锤子，双手叉腰站在那里。

"我想您就是乔瑟夫·考恩先生？"

"是的，年轻人。"

"我是乔伊·波德莱。几天前您曾经写过一封信给河边镇的塔麦吉先生。我想来了解一下关于以前曾经住在这里的一位名叫威廉姆·波德莱先生的情况。"

"哦，是的！年轻人，我知道的并不比我在信里写的多。威廉姆·波德莱卖掉了这里的房子、货物以及所有东西，去了一个没有人知道的地方。"

"他在这里有什么亲戚吗？"

"他走的时候没有。他有位妻子和三个孩子，一个女孩和两

个男孩，不过他们都死了。"

"您听说过有什么亲戚来看他吗？比如说一个名叫希拉姆·波德莱的人？"

"买他农场的不是我，而是奥古斯都·葛列格斯先生，他可能会知道这些事。"

"再给我10美分，我可以带你去奥古斯都·葛列格斯先生那里。"车夫说道。

双方再次达成交易，10分钟之后，乔伊来到了米尔维尔郊外的一家农场。他们发现农场主人正在木材堆旁边锯木头。他是一位看起来让人觉得非常舒服的人。

"进来吧！"他放下锯子说，"很高兴见到你。"

当乔伊走进农场那座小房子的时候，他被引见给奥古斯都·葛列格斯先生那两个已经长大成人的儿子，这些人都很好客，让乔伊感觉就像回到家里一样。

"说实话，"奥古斯都·葛列格斯先生说，"我也不大熟悉威廉姆·波德莱先生。我当时来到这里想买个农场，听说他要出售，于是就跟他达成了交易。"

"他当时是一个人吗？"乔伊问道。

"是的，他所遇到的麻烦事似乎让他变得有点奇怪，他根本不知道自己在做什么。"

"你知道关于他家庭的事情吗？"

"他的妻子和两个孩子都因病去世了。另外一个孩子的情况也不得而知。我想他可能死在外面了，不过我不确定。"

"你知道威廉姆·波德莱先生后来怎么样了吗？"

"不太清楚。我曾经在匹兹堡碰见过一个人，他在伊达胡的矿区见过一个叫这个名字的人。我们也都想知道威廉姆·波德莱先生是否还是我买下农场时候的那副老样子。"

"他说过关于伊达胡的事情吗？"

"可能有，不过我现在已经有点忘记了。你觉得他是你的亲戚吗？"

"我不知道该怎么想。他很可能是我的父亲。"

"你的父亲？"

"是的，"然后乔伊告诉了奥古斯都·葛列格斯先生关于自己的故事，并且提到了蓝盒子里的那些文件。

"看来他很有可能是你的父亲。"奥古斯都·葛列格斯先生说，"说不定你就是那个——在他妻子和另外两个孩子死去的时候——碰巧不在家的孩子。"

"您觉得这个村子里还会有其他人可能知道更多关于威廉姆·波德莱的事吗？"

"不，不会的。不过你不妨问一问。那位车夫认识村子里所

有的人。说不定他们其中的某些人可能会告诉你一些有价值的消息。"

在对方的强烈邀请下，乔伊在奥古斯都·葛列格斯先生的农场吃了晚餐，然后又拜访了在米尔维尔和附近地区居住了很多年的居民。所有的人都记得威廉姆·波德莱和他的家人，但却没有人知道他在卖掉农场，离开镇上之后的去向。

"或许你可以登个寻人启事。"有个人建议道。

"在整个美国刊登寻人启事可是要花不少钱啊！"乔伊回答，"而且据我所知，他可能已经死了或者是出国了。"

乔伊在米尔维尔待了两天，然后又搭乘前往东部的火车。当他回到河边镇的时候，奈德第一个跑过来迎接他。

"运气如何？"奈德焦急地问道。

"没什么消息。"乔伊回答。

"哦，乔伊，这可太糟糕了。"

他们回到奈德家，那天晚上，乔伊对奈德的父亲讲述了整件事情的经过。

"我可以安排在主要城市的主要报纸上刊登一则寻人启事。"奈德的父亲说，"是要花些钱，不过不会太多。"

"一定要让我来付钱。"乔伊说道。

"不，乔伊，你可以把这看成是奈德的好意——你们两个是这么好的朋友。"奈德的父亲静静地说道。

寻人启事第二天就通过广告公司刊登出去，两个多星期以来，所有的人都在等待回音，但却没有任何回应。

"这个寻人启事似乎没有用处。"乔伊说道。他确实非常沮丧。

在这段时间里，他去见了安德鲁·麦利森先生，这位旅馆主人说只要夏季一开始，他就可以聘请乔伊，而且还会给佛兰克·兰道夫一份工作。

"你最好在这里住到夏天来临。"奈德对乔伊说道。

"谢谢你，奈德。不过我不想这么久时间没有工作做。"

就在谈话结束的第二天，乔伊收到一封信。信是莫里斯·维恩先生寄来的，问他是否想去蒙大拿。

"我可以肯定那座矿山很值钱，"莫里斯·维恩先生写道，"我想下星期三动身。如果你想跟我一起去，我可以为你支付旅费，并且在刚开始的时候每星期支付你10美元。"

"就这样了，我要去西部！"乔伊一边把这封信拿给自己的朋友看，一边叫道。

"好的，我不会怪你的，"奈德回答，"我知道那里很棒，你会过得很好的。"

上床睡觉之前，乔伊发了一封电报告诉莫里斯·维恩先生，

他愿意接受这份工作，第二天早晨的时候，乔伊接到了莫里斯·维恩先生回复的电报，他要乔伊去芝加哥的帕默尔大厦等他。

乔伊现在已经习惯旅行了。他订了卧铺的车票，轻松等到上床睡觉的时间。到了芝加哥，他立刻赶到帕默尔大厦。

他发现旅馆客满。而莫里斯·维恩先生还没到达。

"我最好给他留张字条。"乔伊想道，然后就走进阅览室写好字条。

就在乔伊正在写字条的时候，两个男人走进了房间，在旁边的一根柱子后面坐了下来。看到他们谈得正热烈，乔伊忍不住想听听他们到底在说些什么。

"你说他要去西部了？"其中一个人说道。

"是的，他昨天动身的。"

"他发现那座矿山确实很值钱？"

"我想是的。不管怎么说，他为这件事情感到非常激动。他还给那个孩子发了封电报。"

"你是说那个旅馆服务生？"

"是的。"

谈话继续进行，乔伊最后站起身来看了一下那两个人。他们是盖夫·凯文和派特·马隆。乔伊立刻躲起来。

　　"你准备怎么对付莫里斯·维恩先生，盖夫？"派特·马隆停了一下，然后问道。

　　"只有一个办法，派特·马隆。"

　　"什么办法？"

　　"我可以相信你吗？"

　　"你以前不相信我吗？"

　　"我们必须……"盖夫·凯文停顿了一下，"我们不要在公共场合谈论这件事。到我房间来，我告诉你整个计划。"

　　然后两个人站起身来，以跟走进阅览室时同样快的速度离开了这里。

　　"他们一定在搞鬼。"等那两个人消失之后，乔伊对自己说道。他看到他们走进了电梯，却不知道他们是往哪一层楼。

　　乔伊查看了旅馆的登记记录，却没有找到盖夫·凯文或派特·马隆的名字。显然，这两个混蛋现在用的是其他名字。

　　"一定要留意他们。"他说，"等莫里斯·维恩先生一到，我一定要让他小心注意。"

　　他决定不留字条，而是在旅馆的走廊里坐下来等。等了大约两个小时之后，他看到一个非常熟悉的身影走进来，这个人手里拎着一个放衣服的箱子。

　　"莫里斯·维恩先生！"

"哦，乔伊，你已经到啦！我很高兴不需要等你。"

"是的，莫里斯·维恩先生，旅馆客满了，不过您可以住我的房间。"

"我已经提前发电报预订房间了，乔伊。"

"您知道您的敌人住在这里吗？"乔伊接着说道。

"我的敌人？"

"盖夫·凯文和派特·马隆两个人，不过他们现在用的是其他名字。"

"他们看到你了吗？"

"我想没有，先生。"

莫里斯·维恩先生很快请人安排好房间，然后和乔伊一起进了电梯。一进入房间，乔伊就把自己看到和听到的一切告诉莫里斯·维恩先生。

"他们肯定是冲着我来的。"莫里斯·维恩先生沉思道，"而且一定非常密切地注意着我，否则他们不会知道我要你跟我一起去。"

"他们一定有什么阴谋，莫里斯·维恩先生。"

"你能猜到是什么吗？"

"猜不到，先生，可是我知道他们一定会损害您在矿场上的利益。"

　　莫里斯·维恩先生和乔伊又讨论了一个小时，却没有得到任何满意的答案。然后他们就走到餐厅找些吃的东西。

　　"我们明天早晨动身去蒙大拿，"莫里斯·维恩先生说，"我想越早赶到那里，对我就越有好处。"

　　虽然莫里斯·维恩和乔伊还在想着盖夫·凯文和派特·马隆的样子，可是这两个骗子已经给自己粘上了假胡子，并且带上了眼镜来乔装自己。

　　"他们是早晨离开的，"盖夫·凯文说，"派特，我们一定要弄到同一班火车的车票，如果可能的话，最好是在同一节卧铺的车厢。"

　　"这可有点危险。"派特·马隆发牢骚似的说道。

　　"要是你想退出的话，现在就直说，我可以自己去。"

　　"我不想退出。可是我们必须小心。"

　　"我会很小心的，你别害怕。"

　　在旅馆的售票处，莫里斯·维恩先生买了两张到伊达胡金路镇的卧铺车票。他并没有注意到自己正在被监视，很快，盖夫·凯文就来到了售票处前。

　　"我也要两张去金路镇的车票。"他漫不经心地说道。

　　"好的，先生。"

　　"刚才那位先生买的是哪节车厢？"

"2号车厢，先生。7号和8号铺位。"

"那给我9和10号铺位吧，或者是5号和6号也行。"盖夫·凯文接着说道。

"9号和10号。您的车票，先生。"售票员一边说着，一边递出了两张车票。

盖夫·凯文立刻走开了，派特·马隆在后面跟着他。

"我们的卧铺车厢就在维恩和那孩子隔壁，"盖夫·凯文窃笑道，"派特，这下简单了。"

"你有麻醉剂吗？"

"有的，比我们需要的多一倍。"

"我们什么时候离开火车？"

"下午3点，在一个名叫斯耐普伍德的小镇。我们可以在两个小时以后搭乘另一列火车——往北走。"

莫里斯·维恩先生和乔伊并没有意识到自己受到了如此严密的监视，他们搭乘马车来到了车站，也顺利地上了火车。乔伊一直在找盖夫·凯文或派特·马隆，不过却没有找到。

"我怎么也找不到这两个人。"他说道。

"他们很可能在躲着我们。"莫里斯·维恩先生说道。

火车车厢里只坐了一半人，刚开始的时候，盖夫·凯文和或派特·马隆待在吸烟室或餐车上。当他们回到自己座位的时候，天已经很黑了，列车员很快走过来帮他们整理铺位。

"我确实很困了。"莫里斯·维恩先生说道。

"我也是，"乔伊说，"我敢肯定，不管车厢晃动得有多厉害，我一定会睡得很香。"

"我们两个最好现在就上床睡觉。"

几分钟之后，他们让列车员整理好铺位。莫里斯·维恩先生睡在下铺，乔伊爬到了上铺。

虽然很累，但是乔伊刚开始时还是睡不着。他听到莫里斯·维恩先生的沉重呼吸声，知道他一定早已进入梦乡。

当乔伊醒来的时候，他感觉很奇怪，脑袋昏沉沉的。眼睛也很痛，过了好几分钟，他才意识到自己在什么地方。然后他模糊地回忆起自己曾经在半夜的时候试图挣扎着要起来，结果却被压倒了。

"我一定是在做梦，"他想，"可是我确实感觉有人把我压倒在床上，用什么东西堵住我的嘴巴和鼻子。"

他伸了个懒腰，拉开卧铺的帘子，往车厢的走廊看了一下。列车员已经整理铺位，把一些铺位还原成座位。乔伊看到外面天已经亮了，于是看了看自己随身携带的手表。

"8点！"他叫道，"我一定睡过头了！莫里斯·维恩先生一定早就醒了。"

他穿上衣服，然后敲了敲下铺，听到里面传来一声长叹。

"莫里斯·维恩先生！"

"呃？哦，乔伊，是你吗？现在几点了？"

"8点。"

"什么！"莫里斯·维恩先生一下子坐起来。

"我的……我的头好晕啊！"

"我也好晕，先生。一定是因为车厢的震动。"

"可能是吧！可是我经常坐火车，而且平时坐火车的时候也没有这种感觉。我觉得胃也很不舒服。"莫里斯·维恩先生一边开始穿衣服，一边接着说道。

乔伊正要去洗手间，突然听到他的老板叫了一声。

"乔伊！"

"是的，先生！"

"你看到我的皮包了吗？"

"您把它拿到自己铺位上了。"

"我找不到皮包！"

"一定是在附近。昨天您上床的时候我还看见它了。"

"是的，我把它放在枕头底下。"

两个人急忙寻找，却找不到那个皮包。衣服箱子就在座位下面，乔伊在旁边站着。

"这可真奇怪。我们是遭遇小偷了吗？"

"皮包里的钱多吗，莫里斯·维恩先生？"

"是的，那些矿业股票还有些其他值钱的东西都在那个皮包里面。"

"那我们一定要找到这个皮包。"

"我问问列车员。"

列车员很快地过来了，可是他说他根本没见过皮包。这时候已经有几名乘客围观起来。

"有人离开这列火车吗？"莫里斯·维恩先生问道。

"9号和10号的两位先生。"列车员说道。

"他们什么时候走的？"

"大概是3点，当火车在斯耐普伍德车站靠站的时候。"

"我没看到斯耐普伍德车站的车票啊！"列车长说道。

"那他们买的一定是其他车站的车票。"乔伊说，"听起来他们很可疑。"

有人要求列车员描述这两个人的长相，列车员尽力描述了一下。然后大家又搜查了一遍，最后在车厢的一个座位下面的角落找到了一个瓶子，里面装着半瓶的麻醉剂。

"这下清楚了。"莫里斯·维恩先生说，"乔伊，我被麻醉了。"

"说不定我也被麻醉了。所以我们才会感觉晕眩。"

"那两个家伙……"

"一定是化了装的盖夫·凯文和派特·马隆。"乔伊接着说道。

第 **14** 章

乔伊有了新发现

　　"谁是盖夫·凯文和派特·马隆？"列车长颇感兴趣地问道，这时旁边已经聚集了一群人，他们都想听听莫里斯·维恩先生和乔伊有什么要说的。

　　"他们是两个想抢走我的矿业股票的流氓。"莫里斯·维恩先生解释道，"我把我的矿业股票放在皮包里。"

　　"如果您需要的话，我们可以给斯耐普伍德车站那边发封电

报。"这位列车长说道。

"有多少英里？"

"200多英里。"

"下一站是哪里？"

"李定屯。"

"我们什么时候到？"

"10分钟后。"

电报准备好了，一到李定屯就发给斯耐普伍德车站那边。

火车靠站五分钟，对方说凌晨3点的时候没有看到任何人在车站，因为夜间值班员和站长都不在，所以夜里也没有乘客搭乘西去的火车。

莫里斯·维恩先生心烦意乱，不知道该怎么办才好。

"到斯耐普伍德找他们，也可能只是在浪费时间。"他说，"要是股票没有了的话，我也不想再往前走。"

"莫里斯·维恩先生，我可以回去，"乔伊说，"您继续往前走，有什么发现的话，我会给您发电报的。"

这让莫里斯·维恩先生感到很高兴，他告诉乔伊可以坐下一班火车回去。然后他们又问了一下列车长，乔伊15分钟后就可以离开这班开往西部的火车。

"这儿有些钱。"分手的时候，莫里斯·维恩先生说，"你会需要它的。"然后他递给乔伊200美元。

"哦，莫里斯·维恩先生，我会需要这么多吗？"

"说不定。要是你看到那两个混蛋的话，你或许会跟踪很长时间才能抓住他们。该花钱的时候一定不要犹豫。"

距离中午还有很长的时间，乔伊坐上了开往东部的火车，准备在斯耐普伍德下车。他没带衣服箱子，并且把所有的钱分别放到四个口袋里。

列车几乎是空荡荡的，这次旅行显然非常孤单。他在一个座位上发现了一份奥玛哈（美国中部地名——译者注）的报纸，却没有心情去看它。中午的时候，他花了点时间吃了午餐，这样下午的旅行就不会感觉太漫长。

大约2点半的时候，火车突然意外停车。乔伊往窗外望去，发现他们停在树林旁边的一个河道里。

过了一会儿，列车还是没有启动，于是乘客们陆续走下火车，想知道到底发生了什么事情。乔伊也跟着走了下来。

问题很简单。在河道的一旁，河水冲来了两棵大树，结果把铁轨给推翻了。一些铁路工人已经开始动手修理了，他们把大树锯成碎片，这样就可以一片一片地把它们从铁轨上搬走。

乔伊和其他人看着工人们工作，几分钟之后，他独自沿着河岸散步，想看看周围的景色。他听到一声汽笛声，看到对面有一

列火车正开过来。在几百英尺以外的地方停了下来。

因为火车无法启动，所以乔伊沿着河岸走到了刚刚到达的这列火车。后车上挤满了乘客，有些人已经陆续走了下来。

"这列火车曾经在斯耐普伍德停靠吗？"他问一位乘客。

"是的。"对方回答。

"你看到有人上车吗？"

"没有，不过可能有人上车。我没仔细看。"

"你在找你的朋友吗？"

"不是。"乔伊说道，然后又继续往前走。

乔伊走到刚刚到达的这列火车的前端，上了火车。一边沿着车厢往前走，一边仔细地注视着所有的成年旅客。

在第三节车厢的最后，他看到了两个看起来很可疑的乘客，他们正看着手里拿着的纸张。乔伊走近一看，发现那些纸张就是矿业股票。

"毫无疑问，这就是盖夫·凯文和派特·马隆！"他自言自语道，"我接下来该做些什么呢？"

正当乔伊还在犹豫的时候，盖夫·凯文碰巧抬头，他的目光落在乔伊身上。他沮丧地大叫一声，把矿业股票丢了下去。

"怎么了？"派特·马隆低声问道。

"看那儿，派特！是那个孩子！"

"不是！他怎么可能在这列火车上呢？"

"我不知道。不过我们真够倒霉的。"

"你觉得莫里斯·维恩会在这附近吗？"派特·马隆紧张地问道。

"有可能。"

这两个家伙往四周看了看。只有几个妇女和孩子——男人们都跑出去看火车为什么突然停止了。

"我们最好也出去。"派特·马隆说道。

"好的！"

他们站起身来，把皮包拿在手里，准备离开火车。

"站住！"乔伊叫道，一把抓住了盖夫·凯文的肩膀。

"放手，孩子！"那混蛋一边叫着，一边努力挣脱。

"我不会放手的，盖夫·凯文。"

"不放手的话，那你就要倒霉了！我可不是开玩笑的！"

"你必须把那个皮包还给我！"

"哈！"

"要是你不还给我的话，我就叫人把你抓起来。"

"这儿有谁会来抓我啊？"偷了矿业股票的这个家伙冷笑道，"你难道不知道我们距离城镇还有多少英里吗？"

"我不管。把皮包还给我，否则我会叫火车上的人把你抓起

来！"

"我什么也不会给你的，孩子！走开！"

盖夫·凯文用力推了乔伊一把，把乔伊推倒在座位上。然后转过身去，跑掉了，跑在他前面的是派特·马隆。

"拦住他们！"刚刚恢复过来，乔伊就叫道，"拦住那两个小偷！"

其他人听到喊叫声，还没来得及有所行动，盖夫·凯文和派特·马隆就跳下了火车，跑到铁轨上。两个人着急地向四处看了看。

"快，我们可不能在这里浪费时间！"盖夫·凯文叫道，急忙跑到河床上，跟他的同伙一起拼命地往上爬。

乔伊看到他们的举动，随即跟了上去。旁边有一位高大的年轻人，一副西部人的样子，脸被晒成了古铜色，一看就知道经常在户外活动。

"喂！"乔伊叫道，"您能帮我抓住那两个家伙吗？他们是小偷，我想找人把他们抓起来。要是您能帮我抓住他们的话，我会付给您一大笔钱的。"

"好的，我帮你，陌生人！"西部年轻人很高兴地答应了。"你确定？"

"是的。他们提的那个皮包就是罪证。他们偷了我的一位朋友。"

"这很好，朋友。我们很快就会把他们抓起来。"

盖夫·凯文和派特·马隆跑到了树林旁边。回头一看，发现乔伊正在后面追着，旁边还跟着那位西部大汉。

"他在我们后面，还找了助手。"派特·马隆叫道。

"我想我们像他们跑得一样快，"盖夫·凯文回答，"快跑！"

他们沿着一条林中小路跑了过去，来到了一条弯弯曲曲的乡村大道，路前面是一堆木材。

"走这边，派特，"他说，"我们必须回到树林里。他们离我们太近了。"

"我们不能爬到树上去吗？或者找个洞钻进去也行？"派特·马隆问道。

"我来看看。"盖夫·凯文说道。

他们跑得越来越快，跑到几棵高大的树当中。然后他们来到了一棵弯着的树旁边。

"你上去。"盖夫·凯文叫道，一把把自己的同伙推往树上，然后他自己也爬了上去。

"快爬到树顶。"他说道，派特·马隆照他说的做了。盖夫·凯文跟着他，两个人都藏身在浓密的树枝里。

"他们找不到我们了。"10分钟之后，派特·马隆说道。

"别出声。"盖夫·凯文小声说道。

他们保持安静。从远处传来大喊声，然后听到火车的汽笛声。大树从铁轨上被移走了。过了一会儿，他们听到汽笛又响了几声，然后两列火车开始启动。

"火车开走了。"派特·马隆说，"你觉得那孩子也走了吗？"

"不会的，"他的同伴回答，"他是一个很有决心的孩子，不会这么容易就放弃的。他一定还在找我们。"

盖夫·凯文说得没错，乔伊和他的新朋友还在树林里，尽力寻找这两个混蛋。

他们找到了那条小路，却发现小路消失在一片大树当中，当他们听到火车要离开河床的时候，他们正在四处寻找。

"我们的火车走了，朋友。"西部大汉说，"下一班火车要等好几个小时呢！"

"这可太糟糕了，不过也没办法。"乔伊回答，"不过我会付钱给你，补偿你失去的这几个小时，你叫……"

"我叫比尔·拜吉，陌生人。"

"我叫乔伊·波德莱。"

"你为什么要追那两个家伙？"

"他们偷了我的一位朋友的矿业股票。"乔伊回答道，然后又把情况详细说明了一下。

"哦，我发誓！"比尔·拜吉叫道，"那座矿山一定离我父亲的矿山很近。他们说那座矿山里没有什么东西。"

"可是莫里斯·维恩先生觉得这座矿山很值钱，他请了一位采矿专家仔细进行了评估。"

"那就不一样了。你要去那座矿山吗？"

"是的，莫里斯·维恩先生也要去。当他被偷的时候，我们正在前往那里的火车上。"

"我明白了。我也要去我父亲的矿区。"

"说不定我们可以一起走，等我们离开这里之后。"乔伊笑着说道。

"好啊！我喜欢你。握个手吧！"于是两个人握了握手。

虽然是西部人，比尔·拜吉对追踪的了解一点都不比乔伊差。所以他们很快就继续追踪了下去。

"我想可能找不到了。"过了一会儿，比尔·拜吉说，"没看到他们藏起来，也没看到一丝踪迹。"

"要是他们逃跑了的话，那可太糟糕了。"乔伊回答，"说不定——那是什么？"

这时他们听到了一棵大树断裂的声音，然后是一声惊叫。原

来是派特·马隆站着的树枝突然断掉了，结果那家伙一下子掉到了下面的树枝上。

"嘘！别那么大声！"盖夫·凯文吃惊地说道。

"哦，我想我快要掉下去了，……掉到地上。"派特·马隆喘了一口气，又深吸一口气说道。

"他们来了——我可以看到他们了，"盖夫·凯文小声地说，"安静一点。"

很快，乔伊和比尔·拜吉来到这棵树下。

"我觉得声音是从这上面发出来的。"乔伊说道。

"我同意。"比尔·拜吉回答。

就在这个时候，乔伊一抬头，看见有个人正用手臂抱住头顶的一根树枝。

"他们在那儿！"他叫道，"我刚刚看到其中一个。"

"那我们一定能够抓住他们。"比尔·拜吉咧嘴笑着说，"接下来该怎么做？"

"我们必须让他们坐牢。"乔伊回答。

"是的。你有枪吗？"

"没有，不过我可以弄根棍子来。"

"那去吧！必要的时候我可以用。"然后比尔·拜吉从口袋里掏出了一把手枪。

"再有根绳子就好了，这样我们就可以把他们绑起来。"乔伊接着说道。

"这里有条大手帕。"

"是的，我的手帕又大又有韧性。"

"你把他们喊下来，必要的时候我来开枪。"比尔·拜吉说道。

乔伊又抬头看了看，却没有看到任何人。

"盖夫·凯文！派特·马隆！"他叫道，"我知道你们在上面，下来吧！"

没人回答。

"要是你们不自己下来的话，我们就要开枪了。"乔伊接着喊道。

"哦，你觉得他会开枪吗？"派特·马隆吃惊地说道。

"不会的，闭嘴！"盖夫·凯文说道。

"你们下不下来？"乔伊接着问道。还是没有人回答。

"我先开一枪，警告他们一下。"比尔·拜吉说道，然后朝空中随便开了一枪。

"别开枪！"派特·马隆求饶地叫了起来，"求求你，别开枪！我下来！"

"好吧！你先下来！盖夫·凯文，你在那里等一会儿。"

说完之后，派特·马隆很快从树上爬了下来。

"手举起来！"比尔·拜吉呵斥道，一看到对方手里拿着枪，派特·马隆赶忙举起双手。

然后乔伊拿出手帕，站在派特·马隆后面。派特·马隆把手放了下来，交叉到背后，乔伊牢牢地把他的两个手腕绑在一起。

"好了，背对着我们站在那棵树旁边去。"乔伊说，"别乱动。"

"别开枪。"派特·马隆呻吟道。他真的是个胆小鬼。

"好了，盖夫·凯文，你下来吧！"乔伊叫道。

"不。"盖夫·凯文冷静地说道。

"如果你不下来的话，我就拿着枪去找你。"比尔·拜吉毫不示弱地说道。

"我也会开枪。"盖夫·凯文说道。

"我很愿意冒这个险。"

然后双方又说了几句话，最后，盖夫·凯文还是决定自己下来。虽然如此，但他满脸不服气的表情。他被迫转过身去，双手被反绑在身后。

"把那些矿业股票给我，盖夫·凯文。"乔伊说道。

"没有。"

"皮包在哪儿？"

"你们追我的时候我把它给扔了。"

"扔到铁轨上了？"

"是的。"

"别相信他，"比尔·拜吉说，"先搜搜他的口袋。"

"告诉我你来的路。"乔伊冷静地说道。

"叫他交出皮包，不然给他点颜色看看。"比尔·拜吉接着说道。

"我有办法了！"乔伊突然想，"说不定他把皮包藏在树上呢！"

"有可能。好吧！要是你想爬上去看看的话，我可以看着这两个家伙。"

"别让他们跑掉了。"

"要是他们想跑，我就直接把他们送到医院或是坟场。"比尔·拜吉认真地回答。

"皮包不在树上。"盖夫·凯文咆哮着叫道，不过语调中却显得不安。

"很快就明白了。"乔伊说。

乔伊以前跟隐士一起住的时候经常爬树，所以爬到树上对他来说简直是驾轻就熟。他仔细地从一根树枝搜索到另一根树枝，突然看到一段皮革从一个小树结里露出来。他稍微往前移动了一

下，就把皮包抓到手里。

"怎么样了？"比尔·拜吉叫道。

"找到了！"乔伊高兴地叫道。

"找到股票了吗？"

"是的，都在里面。"乔伊快速检查了一遍，然后说道。

"真倒霉！"盖夫·凯文苦笑着嘟囔道。

乔伊很快就回到地面上。他再次仔细检查皮包里的东西。所有东西都在里面，然后他把皮包扣了起来，系在肩膀上。

"现在我们该怎么办？"比尔·拜吉问道。

"我们去请人把这两个家伙逮捕起来。这儿离最近的城镇有多远？"

"10或20英里。不过我不太熟悉。"

"为什么不放了我们呢？"派特·马隆请求道，"你们已经得到你们想要的东西了。"

"别理他们。"盖夫·凯文咆哮道，"要是你想让我们被逮捕起来，那就做吧！"他非常生气，准备一战。

"把他们带走。"比尔·拜吉说道。乔伊表示同意。

第 15 章

结　局

　　"你要让他们把我们带走吗？"当乔伊他们一行人穿过树林，走到跟铁轨几乎并行的马路上的时候，派特·马隆小声地对盖夫·凯文说道。

　　"要是有办法的话，我也不愿意这样。"盖夫·凯文小声说，"我们必须把握时机。"

　　大约走了半英里路之后，他们来到了马路上。天色开始变得

越来越黑，一场暴雨眼看就要来临。

"要下雨了。"乔伊说道。

"我可不想淋到湿透。"盖夫·凯文大叫道，"要是感冒了，我会死的。"

"前面有个谷仓，"比尔·拜吉说，"我们最好先进去躲过这场暴雨吧！"

乔伊表示同意，他们很快进入谷仓。外面大雨滂沱，他们很高兴能够有个地方避雨。

"既然有谷仓，这附近一定有住家。"乔伊说，"可是我却看不到有什么住家。"

天色越来越黑，雨势也渐渐变小。谷仓的屋顶漏雨了，于是他们只好从一个地方移到另一个地方，避开雨。

在这个过程中，盖夫·凯文一直悄悄地在挣开绑在手腕上的手帕，终于挣开了。派特·马隆也挣开了手帕。盖夫·凯文对着自己的同伙使了一下眼色。

"看我的，"他小声说，"我一发信号，我们就把他们两个打倒，然后赶紧逃跑。"

"可是那手枪……"派特·马隆说道。

"我会小心的。"

在谷仓里移动的过程中，盖夫·凯文看到了一根棍子，于是就走到它旁边，突然一把抓起棍子，用力击中比尔·拜吉的肩膀。手枪随即掉在角落里，枪一走火，打中了一块木板。

"跑！"盖夫·凯文叫道，然后立即朝谷仓门口跑去。派特·马隆跟在他后面，两个人一起没命似的跑进雨中。

乔伊大吃一惊，立刻追了上去。可一听到比尔·拜吉的呻吟声，他立刻停下了。

"你伤得严重吗？"他问道。

"他把我的肩膀打断了。"比尔·拜吉呻吟道。

乔伊跑到角落里，拿起手枪，然后立即跑到谷仓门口。

"站住，你们两个都站住！"他叫道，"站住，否则我就开枪了！"

"你敢！"派特·马隆尖叫道，一面以更快的速度跑到最近的树林里。乔伊开始瞄准，可是他还没来得及扣动扳机，两个坏家伙就已经逃出了视线。

"要是你想追的话，赶紧去追他们。"比尔·拜吉说，"我也去。"

"你伤得不严重吧？"乔伊同情地说道。

"不严重，不过要是我能抓住那两个家伙的话，我一定会好好收拾他们。"比尔·拜吉说道。

然后两个人迅速离开谷仓，准备追赶盖夫·凯文和派特·马

隆。他们很快就看到两个混蛋的影子，他们正朝着铁轨的方向跑去。

"他们要上火车！"乔伊说，"我听到火车的声音。"

"很可能是一列货车。"比尔·拜吉回答。

他说得没错，很快，一列长长的火车开进了他们的视线。远处，他们看到盖夫·凯文和派特·马隆正全力奔向火车。

"他们要上去了啦！"乔伊叹道，"太晚了！"

他们继续往前跑，不过就在他们靠近铁轨之前，他们看到盖夫·凯文跳向火车，钻到了两节车厢之间。然后派特·马隆也跳了上去，货车很快地通过河床，消失在他们的视线中。

"别追了。"乔伊停下来说，"他们已经逃跑了。"

"要是我知道他们去哪儿的话，我们就可以提前发个电报过去。"他的同伴建议道。

"可是我们不知道啊！而且经过这次之后，他们很可能会更加谨慎，尽量躲开我们。不管怎么说，我不想让他们再骚扰莫里斯·维恩先生了。"

"我想他们不会了。"比尔·拜吉回答。

乔伊和比尔·拜吉两个人全身都湿透了，他们决定先到最近的农场或村子里去。他们一直沿着铁轨前进，很快地找到了一间铁道工的小房子。

"最近的村庄离这儿有多远？"乔伊问道。

"半英里。"

"谢谢您！"

"你们怎么从那列火车下来啊？"铁道工接着问道。

"我们从火车上下来逛逛，然后火车就直接开走了。"

"哦，我明白了，这可太糟糕了。"

于是乔伊和他的同伴又继续前进，很快就来到了小村庄。他们问清楚去旅馆的路，然后在那里烘干了衣服，又好好地吃了一餐，这让他们感觉好很多。

"我想去给莫里斯·维恩先生发封电报。"乔伊说道，然后就立即去发电报了。

他很小心地看着皮包，一刻也不让它离开自己的视线。

后来，他们发现似乎可以赶上当天晚上7点一列开往西部的火车，于是就急忙赶到火车站。

"我很高兴能遇见你，"乔伊对他新结识的朋友说，"好了，你觉得我应该付给你多少钱？"

"我们没把那些坏蛋送进监狱，所以你不欠我任何钱。"比尔·拜吉马上说道。

"哦，不，我应该给你。"

"那好，你可以支付其他开销，这次账单让我来付吧！"

"当然应该让我来付。"乔伊马上说道。

比尔·拜吉跟乔伊讲述了一些关于自己的事情，以及他的父亲所拥有的那座矿山，然后乔伊也告诉他一些自己的故事。

"你是说你的名字叫乔伊·波德莱吗？"比尔·拜吉很感兴趣地问道。

"是的。"

"你在找一个叫威廉姆·波德莱的人吗？我好像认识一个叫这名字的人，不过所有的矿工都叫他比尔·波德莱。"

"这位比尔·波德莱现在住哪儿？"

"就住在蒙大拿的某个地方。他曾经为我的父亲工作过，大约是三年前吧！他是一个奇怪的人，大约50岁了。一头白发和白胡子，看起来好像满腹心事。"

"你不知道他现在在哪儿吗？"

"不知道，不过说不定我父亲知道。"

"那我会尽快去见你的父亲。"乔伊坚定地说道。

"我可没说这个比尔·波德莱就是你在找的那个人啊！乔伊，我可不想让你空欢喜一场。"

"你听说过这个人是从哪里来的吗？"

"这位威廉姆·波德莱以前住在依俄华州米尔维尔镇，他在那里有一片农场。"

"他看起来跟你有些像。"

"他是个好人吗？"乔伊急切地问道。

"是的，确实是个好人。不过有些人喜欢拿他开玩笑，因为他总是很沉默，有时候还很奇怪。但是我喜欢他，我父亲也是。后来他离开我们到山里勘察去了。"

他们就这样又交谈了半个小时，然后火车突然停住了。

"我们到站了吗？"比尔·拜吉问道。

"我不知道。"乔伊说道。

两个人探出车窗向外望去，却只能看到小山和树林。

"我们在山脚下，"比尔·拜吉说，"一定又是铁轨出了问题。"

"可能又有树倒了。或者是土崩。有时候会发生这种事情，尤其是像今天这样下大雨的时候。"

他们跟其他一些乘客离开了车厢。很快地，他们就知道原来是前面有一列货车相撞，其中几节车厢被撞成了碎片。

"你觉得这会是盖夫·凯文和派特·马隆他们搭的那列货车吗？"一听到这消息，乔伊马上问道。

"有可能。"比尔·拜吉回答，"我们也去看看吧！火车可能好几个小时无法启动。"

于是他们走到了车祸现场。其中一节车厢着火了，但是火势

已经控制住，一些工作人员正在现场清扫铁轨。

"有人受伤吗？"乔伊向一位铁路工人打听道。

"是的，有两个人死了。他们被挤在两节车厢之间。"

"流浪汉？"

"看起来不像。不过他们没有任何权利爬上货车。"

"他们在哪儿？"

"就在那边的小屋里。"

带着一种奇怪的感觉，乔伊跟比尔·拜吉一起走向小屋。好奇的人群早在旁边围了一圈，他们不得不用力挤到前面。

只看一眼就够了。盖夫·凯文和派特·马隆躺在那里，身体冰冷。他们已经得到在人世间应有的惩罚，该去接受最终的审判了。

"我们走吧！"乔伊小声说道，立即走出了围观的人群。

"我可以确定是他们。"比尔·拜吉说道。

"这太可怕了，"乔伊叫道，"我……我没有想到会发生这样的事情，你呢？"

"没有人会想到。这对他们来说也太突然了。"

"一想到事情变成这样，我心里就难受，……希望这不是我们的错。"

"当然不是。要是他们不逃跑的话，现在一定还活着。他们以后永远也不会骚扰你或你的朋友了，乔伊。"

乔伊感到双腿有些发软，于是就赶紧回到车厢里，跌坐在座位上。在接下来的时间里，他几乎没说什么话，一直到货车残骸被清理干净，他们才重新继续向前。

"我想，在这件事情发生之前，你一定因为拿到了皮包而高兴呢！"比尔·拜吉说道。

"是的。可是我……我还是希望他们逃跑了。一想到他们死了，我就很难受。"

乔伊睡得并不好，很早就醒了，他走到火车后面的平台上呼吸新鲜空气。他感觉自己好像做了场噩梦一样。

"你觉得今天天气怎么样？"比尔·拜吉也从车厢里走出来问道，"难道不是很好吗？"

"当然好。"乔伊说道，他还记得奈德告诉他的事情。"难怪有些人更喜欢这里，而不是东部。"

"哦！东部跟这里无法比。"比尔·拜吉回答，"一到纽约和波士顿，那里乱糟糟的样子、大街上的烟和气味让我难受了整整一个星期！"

天气好极了，没发生悲剧之前，乔伊还是很喜欢这次旅行和西部景色的。

最后，就在这天深夜的时候，他们到达了金路镇，车站已经

围了一群人。

"乔伊！"

"莫里斯·维恩先生！"乔伊回答道，很快，两个人就握住了手。"让我给您介绍一位新朋友，比尔·拜吉先生。"

"很高兴认识您。"

"比尔·拜吉先生帮我拿回了皮包。"乔伊接着说道。

"那我真的非常感激您。"

"要是那样的话，请把'先生'这两个字从对我的称呼里删掉吧！"比尔·拜吉说道。

"乔伊告诉我，您在这里拥有一座矿山，而我父亲也有一座——玛丽·詹尼，就在皇家流矿附近。"

"哦，是的，我知道那座矿山，而且我也拜见过您的父亲了。"莫里斯·维恩先生说道。

他们走到一家旅馆，乔伊和他年轻的西部朋友讲述了整个经历，莫里斯·维恩先生非常感兴趣地听着。当听到盖夫·凯文和派特·马隆突然死亡的时候，这位先生感到非常震惊。

"这对他们来说是一个悲伤的结局。"他说，"可是正像比尔·拜吉所说的那样，他们不能怪别人，只能怪自己。"

莫里斯·维恩先生非常高兴拿回了自己的矿业股票，他热情地感谢比尔·拜吉为他所做的一切。

"别提了，"这位年轻的西部大汉说，"我现在要去找我的父亲了。有时间就过来看看我们吧！"

"我很快就会去的，我要去找那位比尔·波德莱。"乔伊说道。

然后乔伊仔细听莫里斯·维恩先生说明自己的计划。

"既然盖夫·凯文和派特·马隆都已经死了，我想在矿业股票这件事情上就不会有什么麻烦了。"莫里斯·维恩先生说，"我实际上已经拥有了所有股票，并且将会在几个星期之内完全合法地拥有这座矿山。"

当乔伊告诉莫里斯·维恩先生关于比尔·拜吉说过的一个名叫比尔·波德莱的人的事情的时候，莫里斯·维恩先生表现出极大的兴趣。

"是的，你应该立即查清楚这个人的情况，"他说，"等这里的事情安置好之后，我也会帮助你的。"

第二天早晨非常繁忙，乔伊基本上没有时间去拜访比尔·拜吉的父亲。他视察了这座矿山，并且非常感兴趣地了解了相关情况。

下午的时候，他到镇上给莫里斯·维恩先生办事。经过郊区一间小屋的时候，他突然听到里面传来很大的说话声，还有人打架的声音。

"放开我，你这个混蛋！"一个微弱的声音说，"别碰那钱！"

"你闭嘴，老东西！"对方回答。

"你们这是抢劫！"

然后又听到一阵挣扎的声音，突然之间，门打开了，一个人冲到外面。一看到这个人，乔伊停了下来，这个人正是比尔·巴斯，就是那个试图诈骗贾西亚·比恩的家伙。

"拦住他，"小屋里有人喊道，"他偷了我的金币！"

"站住！"乔伊大喊，急忙跑向比尔·巴斯。这个人立刻和乔伊撞在一起，倒在地上，乔伊压倒在他身上。

"放开我！"比尔·巴斯咆哮道。

"我们又见面了，比尔·巴斯！"乔伊说道。

比尔·巴斯惊讶地瞪大了眼睛，然后开始用力挣扎。乔伊握紧了拳头，用力朝他的鼻子和右眼打去，比尔·巴斯立刻痛得大叫起来。

"好极了！"小屋里有人叫道，"揍他！让他把我的金币还给我！"

"交出金币。"乔伊命令道。

"还你！"比尔·巴斯咆哮道，然后就把一个皮袋子扔向小屋。里面的人接住了皮袋，把它放回自己的口袋。

"叫警察吗？"乔伊问道。

"我不知道。"小屋里的人说道。他一副很愁苦的样子，头发和胡子都已经白了。"说不定……哦……你是从哪里来的啊？"他深吸了一口气，然后问道。

"我从哪里来的？"乔伊问道。

"是的！是的！快回答我！你是……你一定是鬼！我昨天晚上梦见你了！"

"我不明白你在说什么。"乔伊说着，一边慢慢站起身来，然后比尔·巴斯也站起来，开始往后退。"我以前从来没见过你。"

"没有？这可真奇怪。"那人用手抓了抓前额，"是的，我一定是在做梦。但是我很高兴拿回自己的金币。"

"我也是，不过那混蛋已经逃跑了。"

"没关系，让他走吧！"

"为什么你觉得以前见过我呢？"乔伊的呼吸开始加速。

"我……呃……我不知道。别见怪，……我有时候是有些古怪。你看，我以前碰到过很多麻烦事，一想到这些……"那个人话都没说完。

"可以请问您叫什么名字吗？"乔伊问道，虽然努力保持镇定，可是他的声音还是有些发抖。

"当然。我叫比尔·波德莱。"

"威廉姆·波德莱？"

"是的，不过你怎么会知道我的全名？"

"你以前在依俄华州米尔维尔镇有一片农场，是吗？"

"我是在依俄华州有过一片农场。就在米尔维尔镇。"

乔伊走上前去，仔细而激动地看着这个人。

"你有过一个叫希拉姆·波德莱的兄弟吗？"

"是的，不过他已经死了很多年。"

"不，希拉姆·波德莱刚死不久。"乔伊回答，"我以前跟他住在一起，我的名字叫乔伊·波德莱。他告诉我，我是他侄子。"

"你是他侄子！希拉姆·波德莱的侄子！我们没有任何其他兄弟或姐妹，而他是一个单身汉。"

"我知道他是单身汉。可我不知道……"乔伊停了下来。

"他告诉我乔伊死了，有人写信跟我这么说过。当时我都快要疯了，我甚至不记得当时的具体情况了。我失去了妻子和两个孩子，我想我可能是中了邪。我卖掉了所有的东西，然后，我还记得我穿得破破烂烂的，就在山里到处游荡。然后我开始采矿，现在我自己有一座矿山，就在山里面。来吧！我们好好聊聊这件事。"

乔伊走进小屋，坐了下来，威廉姆·波德莱问了他很多问题，他都一一回答了。

"我有一个蓝盒子。"威廉姆·波德莱说，"里面有一些属于我的文件。"

"一个蓝锡盒子！"乔伊叫道，"希拉姆·波德莱有过这么一个盒子，后来丢了。过了很久我才找到，里面的文件有些已经被烧坏了。剩下的部分文件都在我旅馆的箱子里呢！"

"可以给我看看吗？"

"当然。"

"说不定你就是我的儿子——乔伊呢！"

"说不定是的，先生。"

他们一起来到旅馆，乔伊拿出文件。威廉姆·波德莱抽出几封信。两个人仔细看了起来。

"你一定是我的儿子！不会错的！"威廉姆·波德莱说，"感谢上帝，我终于找到你了！"然后他们用力地握住彼此的双手。

他希望乔伊搬到小屋里来，于是乔伊照做了。小屋很干净、整洁，乔伊很快感觉就像回到家里一样。然后他听父亲详细讲述了自己的故事——这是一个奇怪而有趣的故事——充满了考验与艰苦。

　　“有些事情我到现在还搞不清楚。”威廉姆·波德莱说，“不过也没关系，只要有你在我身边就行了。”

　　“希拉姆叔叔也是个奇怪的人。”乔伊回答，“我想要是他还活着，他可以解释很多事情。”

　　乔伊说得没错。

　　让我们再说几句，然后这个故事也就该结束了。

　　当乔伊告诉莫里斯·维恩先生他是怎么样遇到自己父亲的时候，莫里斯·维恩先生惊讶极了。比尔·拜吉父子也非常惊讶，不过他们都为乔伊的事情有一个圆满的结局而感到高兴。

　　结果证明，威廉姆·波德莱的矿山也是一座富矿。里面的矿石跟莫里斯·维恩先生的那座矿山品质相当，跟比尔·拜吉家的那座矿山也不相上下。

　　经过商量之后，大家一致同意，由相关各方组成一家新的公司，把所有的矿山运作都合并在一起。关于股票的分配，三分之一归莫里斯·维恩先生，三分之一归拜吉父子，还有三分之一归威廉姆·波德莱和乔伊。他们也购买了必要的机器设备，今天这家公司已经成了一台快速的赚钱机器。

　　比尔·巴斯那天在跟威廉姆·波德莱先生吵完架之后，就离开了镇上。可是一个星期之后，他就在丹佛市被捕，被关押到监狱里，因为他被控诈骗罪而被判入狱两年。

在接下来的这个夏天里，乔伊接待了他的老朋友奈德，两个孩子在一起玩得非常开心。同时，乔伊每天用一半时间待在矿区，一半时间用来念书，因为他下定决心，要让自己得到良好的教育。

威廉姆·波德莱先生一直都很虚弱，可是随着乔伊的到来，他开始迅速恢复，很快就变得跟其他人一样开心了。他是一名采矿专家，被任命为新公司的总管。

今天，乔伊已经接受了良好的教育，并且变得非常富有，可是尽管如此，他还是不会忘记以前的那些日子，在那些日子里，他被称为"服务生乔伊"。

图书在版编目（CIP）数据

乔伊的蓝锡盒：神秘男孩的梦幻旅程 /（美）霍瑞修·爱尔杰著；Ailsa译.
-- 南昌：百花洲文艺出版社,2017.1
ISBN 978-7-5500-2004-7

Ⅰ.①乔… Ⅱ.①霍…②A… Ⅲ.①儿童小说 – 长篇小说 – 美国 – 现代
Ⅳ.①I712.84

中国版本图书馆CIP数据核字(2016)第278825号

乔伊的蓝锡盒：神秘男孩的梦幻旅程

[美] 霍瑞修·爱尔杰 著 Ailsa 译

出 版 人	姚雪雪
特约编辑	周天明
责任编辑	王丰林
书籍设计	彭 威
制 作	何 丹
出版发行	百花洲文艺出版社
社 址	南昌市红谷滩新区世贸路898号博能中心20楼
邮 编	330038
经 销	全国新华书店
印 刷	江西千叶彩印有限公司
开 本	720mm×1000mm 1/16 印张 14.25
版 次	2017年5月第1版第1次印刷
字 数	130千字
书 号	ISBN 978-7-5500-2004-7
定 价	29.80元

赣版权登字 05-2016-391